中国首个"文学之乡"典藏

岁月剪影

周彦虎 著

黄河出版传媒集团
宁夏人民出版社

图书在版编目（CIP）数据

岁月剪影 / 周彦虎著. — 银川：宁夏人民出版社，
2017.10

（中国首个"文学之乡"典藏）

ISBN 978-7-227-06767-2

Ⅰ.①岁⋯　Ⅱ.①周⋯　Ⅲ.①诗集—中国—当代
Ⅳ.①I227

中国版本图书馆 CIP 数据核字（2017）第 280308 号

中国首个"文学之乡"典藏

岁月剪影

周彦虎　著

责任编辑　陈　浪
责任校对　王　艳
封面设计　马春辉
责任印制　肖　艳

 黄河出版传媒集团
宁夏人民出版社 出版发行

出　版　人　王杨宝
地　　　址　宁夏银川市北京东路 139 号出版大厦（750001）
网　　　址　http://www.nxpph.com　　　　http://www.yrpubm.com
网上书店　http://shop126547358.taobao.com　http://www.hh-book.com
电子信箱　nxrmcbs@126.com　　　　renminshe@yrpubm.com
邮购电话　0951-5019391　5052104
经　　　销　全国新华书店
印刷装订　宁夏精捷彩色印务有限公司
印刷委托书号　（宁)0007084

开本　720 mm×980 mm　　1/16
印张　13.75　　字数　118 千字
版次　2017 年 10 月第 1 版
印次　2017 年 10 月第 1 次印刷
书号　ISBN 978-7-227-06767-2
定价　36.00 元

吉祥西吉　文学花开

中共固原市委常委、西吉县委书记　马志宏

西吉县人民政府县长　武维东

一脉文心传万代,千古不绝是真魂。文脉不仅是一个地方精神的折射和文明的体现,而且在本质上更是一种认知的基石与发展的动力。

西吉历史悠久,文化源远流长。在月亮山下、葫芦河畔的这片吉祥之地上,回汉各族群众创造了灿烂的文化。农耕文化、游牧文化、红色文化等相互碰撞、相互交流、相互融合,形成了独具特色的民俗文化、丹霞胜景、红色圣地等四大文化名片,呈现出思想艺术俱佳、风格独特多样、雄浑典雅并存的艺术景象,有力地促进了全县经济社会各项事业的和谐发展。

改革开放以来,在县委、政府的正确领导下,西吉发生了翻天覆地的变化,全县经济繁荣、民族团结、社会稳定、群众生产生活水平不断提升,文学艺术蒸蒸日上、枝繁叶茂,结出了丰硕的果实。郭文斌、火仲舫、了一容、火会亮、古原、单永珍、牛学智、赵炳鑫等一大批有朝气、有才华、有创意的西吉作家相继亮相全国文坛,以讴歌时代、讴歌人民、讴歌家乡、凝聚力量、鼓舞人心为己任,辛勤实践,努力耕耘,创作出一大批优秀文艺作品,深情讴歌西吉改革、开放、发展的历程,生动描写西吉各族人民的生活,充分展示生活中源远流长的美好情愫,尽心阐扬"团结包容,奋进创新"的西吉精神,极大地激发了广大干部群众热爱西吉、建设西吉的热情,令人欣慰,让人振奋。尤其是2011年10月10日,中国首个"文学之乡"

落户西吉,又一次向世人证明西吉文学的实绩和西吉作家的实力,文学成为西吉的"铁杆庄稼"。

党的十八大以来,西吉县委、政府认真贯彻"四个全面"战略布局和"五大发展理念",全面落实《中共中央关于繁荣发展社会主义文艺的意见》和习近平总书记在全国文艺工作座谈会、中国文联十大、中国作协九大上的重要讲话精神,西吉文学艺术事业如雨后春笋,空前繁荣,强势崛起,涌现出了马金莲、刘汉斌、王西平、西野、刘岳、李兴民等一批新作家,他们以独具特色的文学创作再次步入宁夏、全国文坛,成为西吉文学的新亮点。更为可贵的是周彦虎、王雪怡、李义、李耀斌、李继林、樊文举、火霞、马强、袁志学、康鹏飞、单小花等一大批坚守故土的作家,在繁忙的工作和生活中,坚持笔耕不辍,作品屡屡跻身全国文学大刊,成为新时期西吉文学创作的骨干和生力军。尤其是近年来,县委、政府全面贯彻习总书记建设经济繁荣、民族团结、环境优美、人民富裕的新宁夏指示精神,认真落实自治区第十二次党代会精神,大力实施"文化振兴"工程,西吉作家捧回了鲁迅文学奖、"五个一工程"奖、茅盾文学新人奖、全国少数民族文学骏马奖、春天文学奖、民族文学奖、飞天文学奖等全国大奖,捧回了一大批全国书画、戏剧、摄影、民间文艺等艺术作品大奖,这不仅为西吉文学艺术事业赢得了荣誉,也为西吉文化大发展大繁荣做出了积极的贡献。同时,还进一步激发了全县人民立志打赢脱贫攻坚战,与全国一道全面建成小康社会的坚定信心和决心,为实现"两个一百年"的奋斗目标和中华民族伟大复兴的中国梦奠定了坚实的思想基础。

2016年5月,中国作协在西吉启动了"文学照亮生活"全民公益大讲堂,中共中央委员、中国作协主席铁凝做了题为《文学照亮生活,生活照亮文学》全民公益大讲堂第一讲。这不仅是对西吉各项事业发展的肯定,更是对西吉文学艺术的鼓励和鞭策。县委、政府审时度势,为秉承文化传统,服务基层作家,汇集优秀作品,树立学习典范,弘扬"爱国、为民、崇德、尚艺"的文艺界核心价值观,为建设开放西吉、富裕西吉、和谐西吉、美丽西吉增光添彩,深入推进"文化振兴"工程实施,决定启动《中国首个"文学之乡"典藏(2017年卷)》项目,为全县有一定影响的作家、诗人编辑出版代表性、经典性的作品选集,旨在展示中国首个"文学之乡"西吉文学创作成就,为西吉文学进一步繁荣发展注入强大活力。《中国首个"文学之乡"典藏(2017年卷)》项目由西吉县文联负责实施,他们始终坚持"二为"方向、"双百"方针和"三贴近"原则,充分发挥"培扶人才,编研作品"的职能,以流芳百世为目标,选取了思想艺术性上乘的佳作,高质量完成了这套"典藏"的资料搜集、编辑校对、设计印刷等各项工作。今后,我们要将此项工作形成长效机制,一以贯之,使该项目成为西吉,乃至宁夏文艺界的一个响亮品牌,成为外界了解西吉的一个重要窗口,成为西吉文艺事业大发展大繁荣的一个具体看点。

《中国首个"文学之乡"典藏(2017年卷)》从现有的西吉作家中选取了在小说、散文、诗歌创作中具有代表性的郭文斌、了一容、周彦虎、李义、李继林、马强、马越七位作家,他们的创作各具审美趣味,各有艺术追求,既有西吉文学传统的一面,又有超越地域影响而呈现出的大格局,一定程度上代表了西吉文学发展的普遍实力。

挖掘历史,留住记忆;复兴文化,普及新知。相信《中国首个"文学之乡"典藏(2017年卷)》的出版,定会对促进西吉文化体系建设,提升西吉文学发展起到积极的促进作用。也期望通过本套丛书的发行,能够引起社会各界对西吉的进一步关注,汇聚更大的社会力量来推动西吉发展。

是为序。

自画像（代自序）

常言道，一切从头开始

沧桑和暮气也从头开始

水土流失，从头顶向下渐进式运动

黑细的头发变稀变黄

夹杂着一株株白桦

白屑像一只只野鸭从芦苇丛中飞起

两鬓的芦苇荡

一天收割一次

为了拉住青春的尾巴

血丝切割着一双忧郁的眼睛

眼睛纯粹成望远镜

看不清近在咫尺的风景

两眼皮耷拉着

拉长了岁月

没有感动，没有悲伤

迎面的东南西北风

总让我两眼饱含着泪水

两耳垂肩

长大了做大官

爷爷哄了我五十多年

因为如今没有做上官,更何况大官

所有的福气化为枯瘦的诗行

长着佛耳

没有成佛

但的确有一点点佛行和佛相

鼻子是生长得最优秀的东西

鼻尖既不红肿也没麻点

小巧玲珑

闪烁着柔和的光芒

不过,睡觉时总爱逃岗

让呼噜声与牙齿站岗

嘴棱角分明且有些红紫

开裂的鲜血使我想起杜鹃

问题最多的是嘴

喝一斤白酒吐二斤火焰

吃一碗米饭嚼一盆心事

吐一口长气发一腔忧怨

说一句好话射一把沙粒

笑一声喜悦含一丝悲伤

嘴唇紧闭着

牙齿又黑又黄,太丑陋了
不敢露出锋芒

自画了一张肖像
还缺脸面
脸面透露着长夜的油光
我还是喜欢用阳光
诠释自己与生命
勾勒世界万象

目录

辑三　黄土之子

辑四　日子之集

辑一 岁月之经

面朝黄土背朝天

面朝黄土
一双老茧手
插入硬实的土地
和悠悠岁月对话
绿苗的词语
在一滴滴汗水浇灌下
排成了诗歌的模样
黄土地盛产悯农诗

背朝天
让骄阳的牛舌头
舔干脊梁
背起山中的日子
从黎明一步步出发
抵达黄昏
然后将长夜熬成罐罐茶
品尽人间的甘苦

面朝黄土
背朝天

其实是一个完整的意象

他的名字叫农民

黄土地上的庄稼

和灵魂

狐　狸

最喜欢

从蒲松龄的笔管里

跑出来的狐狸

笑起来一树桃花

哭起来一树杏花

怒起来一树梨花

骂起来一树柳叶

柳叶的眼睛

柳叶的嘴

柳叶的话语

嗖嗖地

像小李飞刀

扎在你情感的柔软处

让你春风拂柳

狐狸有了人气

比人更像人

人有了狐狸气
比狐狸还狐狸

孤坟废墟
我寻找过狐狸
没找到一只
只找到女人丢弃的纸巾
和男人扔下的烟头

我想起了海子的诗句
今夜，我不关心人类
只想你

冬天的柿子树

寒风已吹尽树叶
不愿飘落的几片枯叶
像岁月的竹节虫
蜷缩在生硬的树枝
发出寒冬的响声

没有摘下的柿子
通红通红的
像一个个灯笼
照亮了冬季

奶奶曾说

柿子不要摘尽

留下几颗

给日子留个念想

挂在头顶

这叫吉星高照

已成为我家的传统

如今，我看见柿子

就想起一个人

一个像柿子一样的人

端坐于岁月深处

怀念炊烟

记忆大都是灰色的胶片

只有那一缕炊烟

飘摇出一片纯净的蓝天

望见了那一缕炊烟

就是望见了幸福

望见了漆黑的长夜

一盏煤油灯的光芒

那一缕炊烟

从庄院上空飘起来

飘过黄土山梁

是献给岁月的哈达

也是我一生最爱读的经卷

那一缕炊烟

缭绕在我的人生

我是山时

炊烟招魂

我是河时

炊烟一路相伴

我被埋在寂寞的坟墓

炊烟总能掀起如山的棺盖

那一缕炊烟

早已消逝在蓝天

却又从心底

每每冉冉升起

人　生

在母亲的呻吟中

出世

用一滴泪

和哇哇的哭声
向世界注册

中间的岁月好长,好长
叫人生
一边得到了许多
一边失去了许多
最终手只握着一口呼吸
一辈子
只赚取了亲人的两行热泪

眼泪中来
眼泪中去
人一辈子
在自己的眼泪中
修行
亲人的两行眼泪的夹道
是一生走过的路

通缉令

是谁偷走了我的时间
一天一天的
我向世界发出了严正的通缉令

我已准备好了手铐脚镣

和一根粗壮的绳子

押解这样的罪犯

行走在人们的眼球上

该是很走红的历史事件

向世界发出通缉令

我发现时间之家贼

像一只巨大的母鸡

一边咕咕地走着

一边将草根扔向头顶脊背

一边送我月亮的鸡蛋

一边偷走了太阳的黄昏

岁月给予了我很多很多

这都是时间玩弄的阴谋

用钟表的三只手

以人生梦想的名义

偷走了我的童年青春

我以生命的尊严

逮捕了时间

押解途中

它又贿赂了我一把月光

和一线朝霞

又消失在那片山林

生命的方程

生命过程

是一道道方程

xyz 很多

多元方程

往往无解

有解的方程

还元代入

天平又朝一边倾斜

生命的方程

要用伤痛来解

古人用归隐的菊花

将生命方程破解

一边是山

一边是水

一边是风

一边是杯中的明月

墓　碑

一块石头

是一个生命的档案馆

一块石头
因一个长眠的人
而有了生命
荒草与夕阳
蔓延着岁月

匆匆路过的人
看一眼
想到了自己

人活进石头里
只是时间问题
让一块石头闪闪发光
很不容易

南京印象

南京是一个巨大的彩陶
里面掩藏着一层层历史

底层的石斧
像一粒粒种子
生长着想象的绿芽

秦淮河上的灯红酒绿

和乌衣巷里的捣衣声

冲蚀着闯王的金銮殿

一层层涛声

总被寒山寺的钟声

镇压

南京像唱歌的毛宁

石头压不住声音

吴侬软语的和平景象

从陶罐口飘出

像三十万受难的灵魂向往的一样

陶罐的顶部

铺了一层雨花石

和阳光呼应

悲情圣僧

仓央嘉措

是一个飘扬在青藏高原上的经幡

爬上高原的人

用蓝天之水沐浴

用白云毛巾擦拭

然后,用虔诚的心仰视

拨转青海湖

转一圈春夏秋冬
转一圈蓝天白云
转一圈磐石雪山
转一圈海子

青海湖
是苍天的一滴眼泪
他在一滴泪中
寻找爱情
他在一滴泪中
闭关
他在一滴泪中
失联

从仓央嘉措的视角
世界只是一位热烈的姑娘
像太阳一样
微笑着
那一帘垂眉的经文
让他诵读了一世一生

拨转月亮的经筒
纯净的爱情之水自天上而来
融化在青海湖的碧波中

化为千万朵莲花

打坐着千万个仓央嘉措

手摇着法轮

旋转着岁月

两颗追逐的心

如日

似月

雪域圣僧

我心中的活佛

失踪在政治的漩涡

年仅二十四岁

留下的情诗

如一首首圣洁的莲花

我在情人谷等你

红石峡谷

绿树掩映

丁香花像我的心情一样

盛开,飘香

我在一片鸣叫的绿叶上

等你

禅坐在五百年的石窟
才修来情人谷的一次约会
让丹霞的篝火为我们作证
陡峭的石壁上
写着绿色的誓言
我在情人谷等你
让丁香花的忧怨
不再轮回

我在情人谷等你
那峭壁上迷茫的石洞
是我望穿秋水的双眼
你不要徘徊
也不要清高
滚滚红尘之上
也有香火点燃的缘分
丹霞似火
一直是爱与恨的道场

我在情人谷等你
我用清凉的绿风为你洗尘
千年等一回
你匆匆的脚步
踩响我的心

影　子

不要说太阳没有影子
没有阳光的日子
都是太阳的影子

月亮是影子高手
自己皓月长空
把所有的影子
赠送给站立的事物
不爽的时候
干脆隐身

打倒一个人
先抓住他的影子
爱一个人
先拥抱她的影子
帮一个人
先扶起他的影子

不要惊恐于那些静止的影子
但对运动的影子
要有十二分的敬畏

影子是生命的另一种存在
喜怒哀乐的情绪
在影子上留存的时间
比活体上更为长久

我爱看影子
是因为影子
比实物更真实
至少不虚伪

理想的影子
是心灵的阴影
同样导引着人生
人生的悲剧
一辈子做别人的影子

视　察

一队人
从一排牛棚前走过
这是一群有秩序的人
老牛瞪大眼睛
停止咀嚼
警惕眼前的身影

走在最前面指手画脚的

在牛眼里是一个豺狼

那个问这问那的大肚子

是 一只东北虎

其他依次序而行的

都是些微笑的食肉动物

想到这些

老牛的肌肉帕金森地抖动

鼻孔气流有些粗重

狗吠远去的车队

解除了警报

老牛叹口气说

生活是月光下的一把把刀子

搁置在岁月的清水坛上

知　了

在宾馆的窗口

往下望

行人如豆

推开窗子

正吃惊一种爬墙的植物

探出头

朝我做着鬼脸吐着舌头

一只知了
也落在窗台
抖动了一下羽翼
使出吃奶的劲儿
直着脖子嘶叫
知了,知了,知了

好家伙,原来它是领唱
此起彼伏的知了
好像要撕碎蓝天
喊来整个儿夏天
这难道是待客的礼节?

人都说陕西人高喉咙大嗓门
这知了肯定是耳濡目染
知了,知了
你到底知道啥了

我的家乡在黄土之巅
没有知了
我印象没有苦楝树的地方
没有知了

我的家乡群山争霸
就像西安群楼争雄
仰望一座高楼的高度

和仰望一座高山的高度一样
都求解不到幸福的高度
西安的知了
用嘶鸣描述城市的温度与曲线

我赶紧关闭夏天的窗子
在床上打开一本书
字缝里又跳出一只唐代的知了
叽叽喳喳地叫着夏天

我热困了
慢慢地闭上眼睛
也对西安迷糊地说
知了……知……了

戴望舒

十七岁的他
撑着一把油纸伞
在幽深的雨巷
遇见了愁怨的丁香姑娘
从此,他走不出那条幽深的雨巷
在一个丁香姑娘身上
凝望了一生的时光
直至丁香花凋落远方

铁蹄下的祖国

他成了怒放的丁香

把自己的铮铮肋骨

弹成犀利的琵琶声

琵琶声如箭飞扬

射向侵略者的胸膛

一生的形象

以雨巷丁香的模样

隐居中国诗史

千万人的眼睛

也望成了

那条雨巷里丁香树上的

一朵朵愁怨的丁香

我是教师

别用仰视的目光看我

我越孔子时

越孙子

请剥掉我周身金光闪闪的画皮

我不想欺骗自己

也不想欺骗别人

教师只是一种职业
我靠它生活

我教书时
只想得到一个人的尊严
和权利
以平静和爱的目光
看待这一份本应高尚的职业

别让我跪着上课
我跪着上课
社会会爬着生活
当一个社会
以戏谑教师为快乐
这个社会终有泪流满面的时刻

嗜金的社会必定嗜血
嗜血的社会必定嗜良知
以及人性
还教师尊严之时
也是救助家庭和社会之日
我将一颗爱家爱国的心
悬挂在国旗上

握　手

人们衣冠鲜亮
一如人世间风情万种的花儿
只在自己的情怀里
尽情地摇曳

为一个理由仓促相聚
戒备高傲的眼神
握不热彼此的冰凉
点头和微笑
僵硬得和面具一样

微笑如刺
引得我心里刺痒
握着一只用力摇晃的手
另一只手已算计着功利

人生是一场假面舞会
我也学着虚假的动作
有一种文明叫虚伪

垂　钓

城市街道的上空
悬挂着形形色色的鱼钩
形形色色的钓饵
散发着酒香
等待欲望咬钩

巨大的金钩和色钩上
尖锐的倒刺
闪烁着迷人的光芒
咬钩的灵魂
像大鲤鱼一样挣扎
绕线轮嘎嘎作响

岁月的鱼线上
没有鱼钩
除了大大小小的鱼儿
练习咬钩之外
却有几条认死理的傻鱼
咬住不放
我就是这种鱼儿

围　墙

在红尘中摆渡
时间久了
往往用生活的沉积
给心灵筑上一道围墙
让风语转向
让目光折射

自认为围墙内的心灵
开放在春天里
围墙之外
寒流潮动
殊不知围墙内的阴潮
使心灵之花过早地枯萎

推倒围墙
如撕破鸟笼
让心如骏马
奔驰在千里草原
围墙倒了
心站立起来
白云是灵魂的翅膀

消失的村庄

这片山沟
曾经是荒芜的土地
战争的刀枪
将难民逼进深山
从此,依山而挖的窑洞
充满昏暗的艰辛和空寂

有了窑洞,就有了家
有了家就有了根
农耕文化的形象
像山柳和野杏一样
先辈在不远的地方
以墓堆野草诠释着光阴
后辈将头颅叩成铁铲
铲挖着出山的路

移民和进城打工
使许多村庄变成了虚墟
荒芜解释着乡愁
失去村庄的人
也失去了根
浮萍人生

唯有金钱能拴住飘荡的灵魂

村庄的消失
意味着城镇的崛起
钢筋水泥的池子中
能生长多高的信仰和文明？
失去自然的生命
还有多少自然的亲情和空灵？
村庄消失了
我担心买卖的挖掘机
挖断了五千年古柏的根

黄土地

一年刮一场风
一刮就是一年
橙色的西北风

一年下一场雨
一下就是一年
橙色的太阳雨

张口吞进了多少黄土
闭口咽下了多少黄土
拉出的

都是橙色的瓦片

黄土地吃人
吐出黄土堆
黄土地上的农人
把一座山嚼烂
吞下
吐出绿色的岁月和梯田

红地毯

我想说
红地毯
是一条红色的运河
明星们双双飘忽忽地
从艳羡的眼球中飞过
飞成蝴蝶

我想说
野外的红地毯下
许多铺着愤怒的眼球
变成坚硬锐利的石子
得意扬扬地踩过时
小心硌脚

刺破了涌泉穴

让黑血流出

和殷红的地毯一起变脏变暗

我想说

掀去那百米红地毯

甚至脱下鞋袜

从泥土上走过

泥土中蕴藏着温暖的微笑

一座城市的灯

一座城市的灯

炒作着一座城市的夜

大凡闪烁越繁忙的

色彩越重的

越空虚

空虚得像气球像彩虹

一座城市的灯

如豆

如豆的灯

除了指引照亮家的灯外

还有几盏

与远方

与心灵有关?

繁华是所有彩灯的使命
但我感到成堆成片的闪烁
像一堆一片蠕动的彩色的虫子

如星海一样的灯
哪一盏能引燃生活
哪一盏能点亮心灵
哪一盏是永不熄灭的灯
看着灯海
我脑海飘过了一盏昏暗的煤油灯

夜深人静时
月亮是一盏最亮的灯
还有远方火车的汽笛
也是一盏穿心的灯

心情预报

各位观众:早上好
现在开始心情预报

昨天刚给心情穿上夏装
今天扬起了沙尘暴

预计明后天的心情
遭受冬天的侵扰

昨天顶破心田的禾苗
还有迟开的桃花杏花
预计在不是最后的寒流中
进入片刻的冬眠
大后天一束束阳光
会扶起感冒了的夏天

天道无常
心情反常
但改变不了金钱的厄尔尼诺的影响
心情的热度三十九度以上
而经济气象还在冬天

心灵的道场
需点燃人性的香火
心情的天象
就有一轮皎洁的明月
和一轮温馨的朝阳

好了,控制心情
比控制世界还难
禅坐在清心寡欲的莲花上
修炼禅定的心情

岳飞墓

正义躺着
邪恶反剪双手跪着

谁在站立指手画脚了千年
谁又匍匐在冬天

中国的历史
不断地复制粘贴

什么东西站立起来了
中国龙才能复活

白杨树

垂柳
总以婀娜的方式
撩拨湖畔的春心

松柏
在悬崖峭壁上驻足
宣扬自己孤傲的挺拔

山桃
以燎原之势
在山野宣示私奔的决心

杏花傻笑成一堆
笑声之外
尽是空寂和卑微

白杨树
手拉着手朴素地站着
在简朴中追寻着快乐

刀 子

一想到生活
满头脑的刀子
风刀,雨刀,闪电如刀
流水如刀
时间如刀
就连人们的目光
也像两把飞刀

人活着真不容易
不是在刀丛中躲闪

就是制作各种用途的刀子
硬刀子肉体流血
软刀子灵魂受伤
刀刀见血是白天的作品
隐隐作痛是深夜的长叹

金钱是杀人不见血的利剑
把一个个灵魂串成羊肉串串
然后在欲火上烧烤
再撒些麻木冷漠的胡椒面
就着啤酒
吃得津津有味热火朝天

我的刀子就是诗句
在月光下的柳叶上磨砺
没有把诗句之刀磨亮
却把柳叶磨成了飞刀
在树上飞舞时伤春
在树下飞舞时伤秋
我也收藏了许多从古到今的诗句之刀
泡在酒中
就着月光喝下去
伤身,也伤魂

刀子多了
日子阴森森的

给别人准备的刀子
却戳在自己的心上

戴着镣铐的尸骨

敌人用手榴弹威逼
交出钱财
手上经过百万元的方志敏
只被搜出一只怀表和钢笔
及一身清贫和正气

枪杀之后埋于荒山
挖出之后双腿还锁着镣铐
镣铐能铐住正义的骨头？
镣铐能铐住民族的灵魂？
镣铐能铐住青山绿水？
镣铐能铐住历史的车轮？

如果用手榴弹拷问信仰
得到的只有正义正气
如果用手榴弹拷问现在的许多公仆
得到的是敌人的期待

金银的镣铐
已成为许多特权者炫耀的手镯

面对戴着镣铐的尸骨

是否发现自己的灵魂和宣誓的拳头

已锈迹斑斑

社　会

社会是一趟趟班车

有起点

也有终点

不可预知的是沿途的境遇

有的人一上车就有位置

有的人从起点站到终点

有的人半途有了座位

有的人悬挂于门的旁边

有的人悠闲地看着窗外

有的人紧盯着别人的位置

有的人有了座位却到了终点

有的人刚挤上车就抢到了位置

上上下下拥拥挤挤

都习惯于肉与肉零距离

心与心相拒千里

低头的沉默与平视的冷漠

加强了空气的浓度

班车误点不要紧
要命的是手执着车票
而车早已远行
下一趟挤满了人
等待是人生的寂寞
拥堵是生活的高潮

匆匆地挤，匆匆地堵
匆匆地抢，匆匆地疲惫
走下班车回头一望
把许多东西丢在了途中
包括灵魂
只剩下一头白发
任秋风调戏

怀念海子

海鸟的翅膀
托起了远方的天空
远方的天空
悬挂着金色的十字架

我有一所房子

被油菜花包围
面朝大海
春暖花开

应该说背对的地方
才有春暖花开
大海上哪里有暖春
和开放的花？！

大海是春天的世界
花的海洋
这就是海子的情怀
背对的陆地
穿梭着邪恶的黑影

春天到了
海子就会复活
像早春的樱花

生　活

不论从小巷出走
不论从山路出发
你我已被岁月
逼上了生活的高架桥

只能朝着一个方向

漂移

累了的时候

掏出身上仅有的铜板

在服务区闭闭双眼

高速路上

处处是方向

处处没有方向

高速路上

处处是出口

处处没有出口

选一个适合自己的端点

定点,定位

宽松就是生活的感觉

快乐就是方向

幸福就是目标

在有限的生命里

走出无限

那是高尚

在有限的生命里

走出有限

这是无限的感伤

没有哪一位行者

被生活欺骗

欺骗自己的往往是自己

从小巷出走
从山路出发
起点无法选择
终点无法抗拒
你我就认认真真地生活
认认真真地痛苦
认认真真地快乐

赏　月

借几条金黄的柳枝
编织一条金色的船
挂上一盏红灯笼
在月光的渡口
放下柳船
我坐在上面

向湖心进发
那里有一轮明月

孔明灯飘飞着愿望
愿望像星星一样
远处,那一位还没有脱下夏装的少女

高傲得只剩下远眺的寂寞
漂荡的小纸船
载着红蜡烛的新娘
在断桥处浪波上寻找着许仙

我呷一口桂花酒
把湖心的月亮望成了玉兔
嫦娥肯定在岸边的人群中
着急地呼唤
吴刚是忠实的仆人
紧牵着嫦娥的裙带

抬头望月
低头思月
月亮在中国一直是一个谜语
一个出自《诗经》的谜语
谜底就在苏东坡的诗行
和柳永的杨柳岸

快到湖心了
我跳到一个纸船上
充当某个人的某一个心愿
尽管这个愿望两鬓斑白
谁还回收发出的一船愿望
我将自己的柳船沉入江心
去捞回已逝的时光

堡　子

村庄的制高地
就是最高的山顶
山顶上的堡子
和当阳桥上的张飞一样

可以想象兵匪盗如洪的岁月
堡子不仅威踞山巅
而且在人们的精神家园
都是护身的六丁六甲

可依旧是历史的伤口
流泪，流血，流脓
流淌着妇婴的惨叫声
然后结痂在山顶
呼应着如血的夕阳

风化的堡子
深藏着中国的故事
无法风化的堡子
还雄踞在许多人的心头

一枚印章

就是一座堡子
一个红泥指印
就是走进堡子的钥匙
和残酷的契约

领着落叶散步

一场清冷的雨
一夜清冷的风
一地金黄的落叶

落叶在我的前面
孩子一样奔跑
小狗一样撒欢
在我的后边
敲打着我的裤腿
撕咬着我的布鞋
在我的左边右边
牵拉着我的衣袖
涌入我的风衣
我散步在秋天的原野
领着一群落叶散步

树梢上站了好几个月
天天盼着扑入土地

在泥土上草坪上山坡上

和孩子牛羊一样打滚撒欢

落叶的心情

阳光最能理解

秋风最能理解

领着落叶散步

步入童话世界

一片片落叶

一片片阳光

一张张孩子的脸

享受这喧哗的清静

感悟这纷乱的单纯

领着落叶散步

和一位牵着夕阳的老人

和一个牵着蜗牛的娃娃

碰了对面

读鲁迅碑文

自己给自己撰写碑文的人

是正视死亡和历史的人

岁月的苔藓

已遮盖了一座孤坟

从一朵牵牛花中

爬出一条毒蛇

渐变成一条巨大的蟒蛇

不伤他物

一点点吞食着自己

一片森林

人们驱赶着啄木鸟

一块块麦田

稻草人恐吓着布谷

一条巨龙

绘画大师以创新的名义

抽掉了龙脊

先生的眉毛还在紧锁着

先生的头发还在怒冲着

先生的胡须还在刺猬着

先生的嘴唇还在紧闭着

先生的眼睛还在光芒着

唯独与世俗格格不入的毛笔

插成永远的墓碑

娱乐至上的祥和与低俗的欢乐

像苔藓弥漫了生活

公正公平公开的阳光

只照在鲁四老爷和假洋鬼子的身上

谁动了鲁镇的祠堂香火

谁总与墓中的先生叫板

读罢先生的碑文

思绪如野草疯长

先生说,待我成尘时

你将见到我的微笑

但如今还是没看到先生的微笑

脸　谱

讲话,听会,拍手,握手,举手

指点,指示,训斥,恭候,闭目

时间久了

脸部表情带着程序

像一本陈旧的教案

从他的脸上

看到了不以物喜

不以己悲

处庙堂之高

不忧其君

处江湖之远

不忧其民

好像青铜器一样高贵
又不乏木刻的古板
好像瓷砖一样华贵
又缺行云流水的灵动
好像水墨画一样肃穆
又失阳光的七彩
好像竹简一样诚实
又隐藏着线装本的神秘

官员的脸
没谱
只有在酒色的镜子里
才有谱

太　极

一条鱼游到了明处
一条鱼游到了暗处
一条鱼游到了河东
一条鱼游到了河西

明处的眼睛虚无
暗处的眼睛聚神
虚无的看到了真相

聚神的看到了太虚

世界之小
小到两条追尾的鱼
在一盆水中
永远咬尾追逐

世界之大
大到无极，太极
太字是大下面一点
大到一点是最大
大到鱼的眼睛

世界是圆的
因而能推动
事情是圆满的
只要你推拿

打太极
是中国官场的拿手绝招
推来
推去

麻钱外面是圆的
宇宙是圆的
麻钱里面是方的

人心是方正的
但通过孔方兄办事
总是圆通的

你中有我
我中有你
不能分开
互利互惠
这叫作盈利

捏一个你来
捏一个我
我中有你
你中有我
这叫作爱

学会了打太极
就能顺利地生活
生活滋滋润润的
都是太极一等一的高手

蜗　牛

从前的岁月
很慢

像蜗牛

爬行在记忆的胶片

从前的太阳很慢

懒洋洋地

在一个个旱烟锅上移动

移到高房台上

打着盹儿

让花白长须

在暖风中任意抒情

从前的月亮很慢

像紫罗兰爬在墙上

所有的梦

都能赶上月亮的第一趟公交

因而,比起现在的月亮

皎洁,圆润,丰满

从前的日子很慢

像一架吱吱呀呀的水车

转动着哗哗的流水

时间在木桶里挤眉弄眼

嘲笑着远逝的大雁

和我肚子里的一片蛙声

从前的路也很慢

弯弯曲曲的

一直爬进云端

从沟这边的我家

到沟那边的发小家

晚上走，要摸着古今冰冷的情节

和一头顶挤眉弄眼的星星

一封亲人的信

过了九十九道湾

翻了九十九座山

走了整整九九八十一天

从前的爱情也很慢

慢得像一望无际的草原

爱一个人

要用一生的精力

忘一个人

要用一辈子的时间

从前的课本很薄

唱着读，读得很慢

结果把课本读得很厚

从前的泉水流得很慢

慢得几只喜鹊争抢着

啄食冒出的第一个水珠

自从生活开通了高速

啥都快了
蜗牛也踩着哪吒的法轮
来去无影无踪
快得让人没有时间
在树下像蚂蚁一样
咀嚼一叶月光

也许，我老了
总爱捋着怀旧的胡须
但有时放慢生活的节奏
给欲望退退高烧
活者，也许更有意义

骗 子

骗子和我们使用着同样的语言
不同的是我们说话不走心
而骗子的口气、语气、神气
都经过精心的设计、包装
并把修辞用到炉火纯青

骗子总盗用阳光的名义
在夜幕的掩护下
盗走一些星星的宝石
和月亮的感情

为什么天空有时少有星星
为什么月亮有时残缺不整

骗子的最高境界
就是将自己的卑鄙
以高尚的名义
雕刻在石碑上
让后人仰视

雕刻是骗子的艺术
把许多不光彩的地方
挖去
把剩下的部分雕琢打磨
钣金,烤漆
才成为栩栩如生的雕像

骗子横行之时
正是正义迟到之日
时间的法锤
会敲碎历史的赝品

鲁迅,别走

伟人曾说
你是中国最硬的骨头

和许多硬骨头

组成中华的脊梁

可你好像裹脚布

像红灯，像栏杆，像荆棘

阻挡着一些人的路

被渐渐移除课本

逐渐淡出人们的视野

你总以批判的剪刀

剪裁国人的精神长相

总以犀利的手术刀

解剖国人的性情灵魂

总以锋利的钉子

将丑陋的人钉在十字架上

总以严厉的目光

审视来来往往的众生世相

你站在历史的哪个节点

总让一部分中庸的道人

坐卧不宁

剔除你这块不锈钢做成的骨头

让你消逝在历史长河

无疑清除了一种路障

你被一种叫人性文化的尘土掩埋

阿Q往来城乡搞活经济

小 D 成为房地产商

赵四老爷复兴着鲁镇文化

祥林嫂将寡妇文化和庙宇文化融合

孔乙己办起孔子诗社

杨二嫂利用县长的圆规圈了好多土地

假洋鬼子用哭丧棒指导着中国教育

将军的大炮喷射着茅台酒瓶

大小官员一次次拆迁和出卖土地

总之,你被抛弃

好像笔下的许多人有了活路

你的硬骨头

指引不了历史前进的方向

不过,如果病人没有了手术刀

文人的笔尖失去批判的光芒

画士只会画裸体女人

歌唱家只会歌功颂德打情骂俏

全民苦读着人民币的圣经

道貌岸然的政治

只能混浊

没有脊梁的中华龙

只能蠕动,怎能腾飞

先生的骨头最坚硬

先生的头脑最清醒

刮骨疗毒

还需要先生刺刀似的金笔

辑二　高原之史

高原是佛经

山坡山顶上飘扬的
是经幡
风飘扬一次
替我诵读一遍佛经
一诵就是一天
一读就是一年

拨动经筒
转动一圈
就是双手合十祈祷一次
转动经筒的流水线
转出一生的吉祥平安

时时摇晃在手上的经轮
均匀地转动
随时摇动内心的虔诚
随时摇晃出高原的明天

雪山草地
油菜花和牦牛羊群

都印在岁月的经幡上
装在日子的经筒里
用心旋转
我也将心爱的人的姓名
写入白云的经幡

神鹰即意念

行走在大峡谷谷底
望见最高最尖的峰刀
划破了蓝天的肚子
白云一朵朵飘了出来

看一眼峰顶只是一瞬
要翻过这座山走出山外
需要一世一生
因此盘旋过山顶的鹰
就是神鹰

把鹰奉为神
我想昭示一个执着的意念
心灵要长出翅膀
飞过那座入云的山峰

绿龟——若尔盖草原

我用了一天的时间
才环游了三分之二的湿地草原
以九十迈的速度

不来若尔盖
不知中国湿地草原之大
若尔盖的确像一只巨大可爱的绿龟
爬行在中国西南版图上

若尔盖草原是一块巨大的绿色地毯
镶嵌着星星似的牦牛
和白珍珠似的羊
以及随处可见的七色经幡

若尔盖草原
诉说着无边的绿色苍茫
天边的崇山峻岭
就是白云的故乡

海拔与意志

海拔是一个地方的高度

从海平面算起

海拔是不是一个人的思想高度
从觉悟的地平线上算起

高原反应
反应的是生理
而不是觉悟
但有时反应着人的意志和毅力

没有翅膀的人
靠的是一步步登高
每登一步
承受来自蓝天的千钧压力

海拔让人敬畏
但也让人向往
能登上四千米的高度
至少看到了九曲黄河第一弯
和自己的宁折不弯

世外桃源:扎尕那

利剑劈开的千尺壁峰
一排排散放巨大的石林

做切开的西瓜模样

不是丹霞的色彩

而是绿色或入云的石膏色

很难想象

除了滔滔的白龙水

私奔峡谷

流向远方

还有什么能飞出山外

包括雄鹰

白云也居住在山顶的洞穴

扎尕那是藏语天然的石城

我看到盘踞在巨峰下的寺庙

一层层村落和炊烟

一层层松树连接到白云

一条盘旋而上的石头路

像一幅壮美的画卷

悬挂在世外几千年

我想到世外桃源

有时，我感到速成的往往速朽

古朴的往往千年

当扎尕那敞开心胸

迎接世界时

我最担心现代文明

撕坏了千年古画

寸土寸金:郎木寺

一切劫难猛于虎
能降伏人间劫难的人
就是佛

把一只追咬人群的猛虎
点化成仙女
并让她守护白龙圣水
造福于百姓
这就是莲花的智慧

手摇经轮
转山
转水
其实都是为了转心

匍匐
用五体投地的心尺
丈量自己与佛的距离
高过头顶的香火
是一炷燃烧的心香

拜倒在佛的脚下
只是一种皈依
心中有佛
眼睛看到的万物
都是慈悲

郎木寺的金顶
在阳光下
金光四射
它只是一种人生的隐喻

高原开关：白塔

天地之间有多远
一塔之间

青峰与青峰之间有多远
一塔之间

风与经幡之间有多远
一塔之间

人与佛之间有多远
一塔之间

人与人之间有多远
天地之间

朝拜生死

一生的目光
堆砌在那座最矮的峰顶
那座最矮的山
只有神鹰能飞过去

许多不甘平庸死去的人
以五体投地的姿态
用毛毛虫的方式
牺牲了今生
朝拜来世
来世没有圣山圣水
来世只有吉祥如意

朝圣者不会回转
一转身会被自己的影子撞倒
匍匐一寸
头顶会一寸寸接近佛祖的脚尖
用一炷心香
开启自己的来生之门

少数朝圣者叩死于道德的路上
像毛毛虫干枯在一片枯叶上
让人对生死产生敬畏的同时
也不停地转动法轮
超度这些执着的魂灵

菩萨是眼前的陡峭石峰
菩萨是眼前的飞流瀑布
朝圣者
转山转水
最终还是叩拜着自己心中的魔障
消磨着自己的魔性

当吉祥从心底冉冉升起
眼前的世界
就是来世

风　铃

风戴着风铃的脚链
踩着鼓楼的一角
从远古而来

黑夜的风铃
代表着天空的心情

或清幽舒缓

或沉静忧郁

或情迷意乱

风铃具有大家闺秀的品质

风铃响起

一座古塔就活了

风铃响起

一座城市就有了深度

风铃响起

一颗物化的心

虚化出一片精神的草原

今晚风铃很响

绣楼上抛出的彩球

落入谁手

我望着繁星的风铃

不能入眠

黑夜的风铃

摇响了夜行者的孤独

生活的词性

动词高举着实用主义的酒杯

盛上红色的虚无主义的酒
晃来晃去
喝下之后
世界在梦幻般的色彩中
扭动着躯体

名词躺在微信里
像一个个忧伤焦虑的留守儿童
呼唤，等待，木讷
母爱在广场上下着多情的雨

形容词统治着世界
如广告统治着时空
伟大书写着渺小
真诚拥抱着虚伪
一切都以高尚的名义
强奸着生活

信仰的风骨
都被虚化
正义连着邪恶
春天介绍种子出场时
还戴上倒春寒的枷锁

三个结构助词
标识不了混沌的生命层次

生活的高速路和立交桥上
追尾着叹词

与一棵老杏树对视

与一棵老杏树对视
凝固的不仅是空气
还有时光凝结的鳞甲
贫血的黄土
供养出矮矮的身材
却开满一堆粉红的花
一堆面对岁月的微笑

我俩对视
她望着我的白发
我望着她的暴筋
从彼此的眼睛里
寻找童年的炊烟
和豁牙里吐出的乡音

我深深地鞠个躬
谢谢你在风雨中守着乡愁
静静地等了我几十年
那一片片绿色的情话
就等着在夏天叙说

我听到老杏树说

我还年轻

我要用一枚青杏

酸倒岁月的牙

那一片树林

那一片树林

在梦中若隐若现

升腾着岁月的雾

那一片树林

隐藏着我的童年

侧耳聆听

那射进树林间的阳光

就是童年伙伴的喊声

我喊了一声

杨树柳树全体立正

以树叶的掌声

欢迎我这知天命的人

归队

一转身就是四十年

我向我的伙伴深深地鞠躬

那个鸟窝太高了
月亮卧在上面
孵化了许多星星
我千百次地攀爬
都没够着那个神秘的童话
而成为梦中的遗憾

我喊了一声
鸟雀野鸡翅膀的扑腾声很肥
而叫声瘦得钻耳
我曾拣起几根羽毛
蘸着墨水
写了许多远飞的誓言

不知名的昆虫
和现在的城里人一样
总是匆匆忙忙
我用一根长长的树枝
不知延伸了多少蚂蚁的路程
一地的野花
也牵扯了我回家的脚跟

那一片树林
曾夹在我的书中
伴我远方以远

干枯的经络
像我走过的人生

如今,我回来了
庆幸这一片树林还在
树林在
鸟儿就有家

我站在山上高喊了一声
山应山名,沟应沟名
树应树名,鸟应鸟名
呼应声把我托举到那个鸟窝

穿过那片树林
用不了二十分钟
回到那片树林
却整整用了四十余春

一地桃花

昨夜发生了什么
一地桃花瓣
在春风中起起落落
像一地遗弃的少女的吻
吻我的脚,吻我的腿

甚至跳起来吻我的白发

我感觉自己成了国王
很幸福地接受着飞吻
是不是山坡的桃花雨
就是春天的视觉盛宴

今世本是清灯一盏
来生不愿为莲
就让我被这些飞吻深埋
从此不知日月

念　珠

我喜欢捻动念珠
触摸珠子的肌肤
生硬光滑的珠子
和日子一模一样

木质的日子
很轻盈
有芭蕾舞的美感
玉质的日子
温柔婉润
大都与品质有关

玻璃球或伪木质的日子
都是平庸或虚假的岁月

无聊的日子
就是日子对日子的复制粘贴
捻动的珠子
只是空转

我突然明白了
和尚念经
是为了给手中的珠子
注入佛的内涵
让法轮和念珠
转动每个生涩的日子

人活一口气
佛念一根绳
念珠不散架的关键
就是贯穿佛珠的那根绳
即生命之神

学会在日子上打坐
生命就有了高度和纯度

春 雪

1

春雪
背叛了冬天

我联想到泰国的人妖
比女人还女人

一旦出格
或许灿烂

2

像饥渴的情人
悄然无声一阵狂吻
忽然站在面前

匆匆而去
没有言语

太阳是一位性情中人
拣拾了春雪来去的脚印

让一旁想嚼舌根的风
干瞪眼睛

犁铧以耀眼的阳光宣誓
今年开春
一定在土地深处
摸一个情人

古　道

古道汉代的西风
吹起我的风衣
瘦马无影
只留下深深的蹄印
刻在青石板上

拾一块青石砖
如解读一个宋代的词牌
平平仄仄的意象
映现脑海
残缺或齐整的女墙
都如律诗或绝句
残阳积极地补着缺口
明月的诗眼
靠一棵松树衬托

古道热肠

已经冰凉

凹凸的历史

时时垫疼脚掌

一位美女搭着红伞

从古道上飘飘忽忽地走过

远处的隧道口

爬出一列火车

评价古道的口气很尖刻

黑　洞

道德的断崖式塌方

产生了黑洞

黑洞

吞噬着一个个灵魂

和正义

以及金银

黑洞很小

质量很大

阳光穿不过黑洞

星星化为黑色的幽灵

黑洞闪耀着佛光
吸收着匍匐的虔诚
时常以隐身的方式
潜伏在任何时空

一个人的内心深处
有一个黑洞
被道德和爱心钳制
一个光明社会的背后
有一个黑洞
被正义和法律封锁
一旦释放
黑洞是一团蘑菇云

炸掉黑洞
需要全社会的正能量
一粒正粒子
燃烧着黑洞的质量
直至正义的呐喊
将黑洞化为灰烬

萧　关

一座座青石山峰远去

像一把古筝发出的铜音
西北风滚动着巨大的蓬蒿
在峡口拦截着秦时明月

马蹄踩出的栈道
收录着征夫的鼓角
壁立千仞
洒祭酒水之后
滚烫的边塞诗句站立起来
在绝壁上影视思乡的孤独

残阳是上苍的一滴血泪
总在黄昏时刻
掉进萧关的山海

乳　名

一个世界上最温暖的胸怀
悬吊着两个蛋蛋
一个蛋蛋
被一只小手抚摸着
另一个蛋蛋
吊着一个牙牙学语的蛋蛋

我的乳名

叫蛋蛋
一个饱含乳汁的名字

妈妈有了蛋蛋
山村内外
都弥漫着乳香
爸爸有了蛋蛋
老茧手化为一缕春风

走出村庄后
我的乳名像河湾的水
断流
从此,没有人知道我的乳名
只有爸妈争吵时
蛋蛋长,蛋蛋短
村里的老辈人
能听懂

老爸握了一下蛋蛋的手
看了一眼蛋蛋
走了
走进了天堂
他想说的
我都明白
有了蛋蛋
他一切放心

老妈年迈了

但在众人面前

忌讳我的乳名

有时秃噜出口

瞄我一眼，还脸红

半老的蛋蛋

走在千里之外

走不出父母的心

时常有一种声音

把我从梦中唤醒

乳名是一种生命基因

烙刻在心底

长　征

一群衣衫褴褛的人

在长夜中被炮火引燃

生命就是一柄火把

金沙江

赤水

大渡桥

贵阳

弯弯曲曲的江水山路上
一柄柄连绵起伏的火把
像一条突破黑夜的火龙
冲杀自己和苦难百姓的出路

一群衣衫褴褛的人
在皑皑雪山上
牙咬着饥饿寒冷
手攥着钢铁意志
靠信仰的星星之火
和七根小火柴的精神
取暖
攀登
跌倒
爬起
有些滚下永远的山崖
《国际歌》是唯一的遗言

一群衣衫褴褛的人
在泥泞的草地上抖抖索索
那一块草滩
绝不是生命的绿洲
而是吞噬生命的陷阱
这一株草
绝不是生命的维生素
而是生命的绞绳

高唱着《国际歌》的人
靠信念的指引
走出了炼狱

一群衣衫褴褛的人
靠信仰和信念会师
靠地球的红丝带连在一起
从此，小米加步枪及大刀
与飞机坦克和机关炮
展开了十四年的血海搏斗
中国的命运
在镰刀的血刃上转化
在锤子的铁砧上雏形

长征，飘扬在地球上的红丝带
宣示着真正的中国人的血性
中国人肩扛着红丝带
胸系着红丝带
膊绑着红丝带
手高举着红丝带
开始了一次又一次的长征
长征是宣传队，长征是播种机
长征是绕地球一周的红飘带

唢 呐

头仰起来
对准太阳
唢呐的光芒
和太阳一样
喜也高亢
悲也悠扬
黄土地上的故事
经过唢呐的诉说
灵魂也被灼伤

俯下身去
让唢呐对准沟沟壑壑
回声
在黄土地上荡气回肠
凝咽的时候
一片羽毛,飘呀飘
落不到土地

唢呐的声音
是黄土地的乡音
唢呐是用沉淀的千年阳光
冶炼制成的

因此声音尖锐纯正

能穿透地狱

也能穿越天堂

油菜花开

油菜花不好写

选用的词语

一定是滴着金黄的芬芳

油菜花铺满山川

使人联想到盛夏是一个幸福的孕妇

蜜蜂一头扎进一朵花心

不知给花说了什么情话

花幸福地颤抖着

但摇曳的样子

好像还是拒绝私奔

我把心情折叠成一只船

在花海上飘荡

等一阵风把我的眼睛

送到花的尽头

今晚就停泊在山下的某一朵花里

鸿 雁

爱情是一只鸿雁
飞翔在马头琴奏出的草原上

爱情是一只鸿雁
停泊在芦苇荡围堵的秋水上

爱情的鸿雁
靠两只翅膀飞翔
一只是爱
一只是担当

爱情的鸿雁
声声撕裂长空
催开生命的格桑花
爱情的鸿雁
一路沉默如云
飞出生活的红高粱

爱情是一只鸿雁
不止于窝里的春光
还有四季的洗礼与远方

骆驼是沙漠上的鸿雁
鸿雁是秋霜里的骆驼

悼念陈忠实先生

满脸的皱纹很深，很深
像黄土高原上的沟沟壑壑
一双眼睛如岁月的老井
幽深处的眼仁
有时是日头
有时是明月

原上的白鹿
只是个传说
原上的故事
确是几代人的浓缩
没有忠实先生的笔头
白鹿原只用西北风篆刻着沧桑

忠实先生一生追求忠与实
把一个个字写成忠与实的形象
走进了中国文学史册
留下忠与实的遗产
骑着白鹿
飞向天堂

先生逼人的眼神尽处
是黄土高原的内核

战　火

战火犁过的地方
总是有鲜血之花
盛开在政治的祭坛上
妇孺撕裂阴空的尖叫
划不破主义的长空
难民的潮水
搁浅了许多种族的奢望

白骨累累的历史
总是用子弹的盲文撰写
我渴望鸽子
巡航每一寸土地

吼一板秦腔

吼秦腔
音域与胸怀要广
广到能吼透八百里秦川

和五千年的历史

吼秦腔
声调要高
高到在海拔三千米的山顶
能截获阳光似的男音
和月光的女腔

吼秦腔
音质要悲壮委婉
喝尽了天下的苦酒
吃尽了人间的苦水
悲愤从心底吼出
委婉在九曲黄河中萦荡

吼秦腔
气从丹田冲出
冲上蓝天白云的高度
十万黄土高山的背景
以十里黄土塬为戏台

吼秦腔
不是为了吼秦腔
一声刘彦昌哭得两泪汪汪
其实是吼秦腔的人
心酸的眼泪

挂在苍柳的枝叶上

秦腔要吼
不是唱
更不能哼哼
心事填满肚子时
吼一声
站在高山上
面对着夕阳
心渐渐归于空寂和宁静
像一轮山畔上的月亮

火石寨大石城

形似巨大的卧牛
安详地卧在群峰的中间
牛角被元末明初的战火
做了无数个冲锋的号角
四万屯兵
与百万围兵的对垒厮杀
何等的波澜壮阔

我明白了
土地为什么是黑红色
悬崖峭壁为什么是红色

一万多将士的血
和战后的熊熊大火
使这片土地
成为历史的丹霞

历史的变革
总以腥风血雨的方式
浇灌着呻吟的大地
直至今天
每深挖一寸土地
都有石化的白骨

大石城的天梯
已经风化
有恐高症和胆小的人
绝对爬不上去
爬不上去
感悟不到轰轰烈烈的历史
看不到雄关漫道

上去之后
几个巨大深井似的石凿蓄水池
养育着元代的蚊子
疯狂地叮咬着我
大石城的蚊子
具有战斗的气慨

山 杏

扭曲枝干
根雕似的信念
总在延伸
向着春天的方向

黄土高坡
大旱与炎阳
贫瘠与寒风
孕育出坚强的性格
矮小的身躯
点缀着黄土山峦

春天的粉红花朵
一堆堆地笑开了
山村的日子

夏天的一片绿叶
就是山雀约会时撑起的一把伞
山杏羞红了脸

秋日的红叶
燃烧了山坡

与太阳的霞光争红斗艳

披上皑皑的雪花
守护着宁静的村庄
和两只艳丽的野鸡

山杏最爱黄土高坡
不管是东南风,还是西北风
不让旋风从门前刮过
走过家门的
必须是牛羊的身影

马头琴

两根弦
并行成一望无际的草原
马高扬着头
奔驰着
追逐着雄鹰
夕阳落进的蒙古包
就是故乡

呼麦从丹田发出
琴头是草原的丹田
琴弦的草原

被奔腾的马尾拉响

琴声悠扬成草原白云

低语成长河落日

听懂了马头琴的声音

就读懂了草原

马背上的民族

用马头琴和呼麦

与日月，与生活，交谈

草原太辽阔了

我感到马头琴声

总是一种低沉的召唤

脉冲整个草原

因而，草原有很强的凝聚力量

羊群、白云、炊烟、鸿雁

河流、奔马、向日葵、大青山

都向着东方

火　车

太阳，以鹰的眼睛

盯着秦岭山洞中穿行的火车

这时，我感到一条蛇

机智而又惊恐的蛇

以最快的速度穿梭石洞

火车行进南方小镇
没有行进西北的长途奔袭的感觉
绿色小镇如一朵朵菜花
蠕动的菜青虫就是绿皮火车

呼啸而过，那是离我们太近
沙漠戈壁上奔跑
没有响尾蛇威猛和快速
倒像一队缓缓行进的骆驼

夜晚的城市爱做五颜六色的梦
可总被汽笛声吵醒
这位与远方有仇的思想者
愤怒地盯着远方的黑夜
总提醒人们：人生苦旅
人生苦短
人生需要苦行

车轨不需要奔跑吗？
其实，它始终跑在火车的前方
传递着骨骼铿铿锵锵的摩擦声

人到中年

不经意间
人生的羊皮筏子
划到了最开阔的河面上
风景如画
暗流涌动

人到中年
像一个泰山挑夫
一头挑着子女
一头挑着父母
一步一个脚印
攀登在生活的紧十八盘

人到中年
成熟成垂下头颅的谷穗
不怕麻雀侵扰
就怕冰雹袭击
有时,中年人
像河床上喘息的鹅卵石

人到中年
应酬多了

可好多事与自己无关
泡在茶杯的中年
自然淡静
又有八分苦涩

孩子飞向了自己的蓝天
留下寂寞的空白
让一杯杯酒填充
老人走了
留下无尽的思念
把黑夜慢慢点燃
人到中年
也很脆弱
只是把脆弱在心炉中
炼成通红的钢铁

人到中年
像一片深秋的红叶

怀念一封信

在随手打来的电话中
我感受到猜忌和谎言
面对面的视频
加大了冷漠的刻度

世界上最远的距离

就是我在你的面前

你却玩着手机

于是，我怀念一封信

像怀念岁月深处的小芳

那一帘垂眉的温柔

铺开一张纸

如铺开心情的湖水

字斟句酌的思想

揉了又揉，扔了又扔

像湖面上盛开的一朵朵莲花

辗转的笔尖

生怕挑破亲朋的颜面

将月光缄封好

盖上太阳的邮戳

投入绿色的邮箱

就等于在草原之夜

放飞一盏孔明灯

信走得很慢

如飞奔的蜗牛

在漫长的等待里期待

想象信到家时

几滴热泪打湿了文字

然后在一盏煤油灯下

缄封一朵红红的灯芯

一来一去的信

才算完整

孕育的故事

就是两地时空心情的轮转

语文和品质

在书信往来中渐入佳境

一封信的邮递

需要时空的辗转

因此,过去的信

除了写入真诚就是真诚

人和人相距万水千山

心和心相依成一对红色的企鹅

那时的快乐

就是爬在前半夜

给亲人写下星星的牵挂

那时的期盼

就是后半夜的梦里

有一匹枣红大马向我奔来

怀念一封信
我想在一枚邮戳里
打坐
守住丹田

冬天的黄土地

冬天的黄土地
颜色很纯粹
那就是太阳堆集的老金黄

站立在最高的山顶远望
馒头似的山以波浪的曲线
涌动向远方
没有地平线
只望到更高更迷蒙的山

爬行在山坡
一排麻雀挨挤在高压线上
面对着太阳
面对着生活
和山一样保持着沉默
突然,野鸡很肥的扑腾声
从草丛中发出
吓得我两眼瞪成双管猎枪

寒冷已封存了水库湖面的笑声

乌鸦在炊烟的高度盘旋

以湖面为平镜

欣赏自己飞翔的雅姿

我的脚步声侵扰了沟底的野兔

山坡上奔跑的不是野兔

而是奔奔跳跳的时间

山不在高

有庙则灵

沟不在深

有狗则鸣

村庄只是黄土地上的一个补丁

西北风挥舞着长剑

成吉思汗一样

一个山沟

一个马蹄踩下的脚窝

不过,冬天的黄土地

安详了许多

岁月的手串上

只有两颗珠子

一颗太阳

一颗月亮

被时光捻动着

中国红

小时候
最爱穿的是娘做的红兜肚

成人时
最爱穿的是娘缝的红嫁衣

过年了
最爱看的是爸写的红春联
和长辈们递给的大红包

旅游时
最爱穿越的是朱门高红墙

失魂了
最惦念的是腋下的红布条

本命年
最爱系的是一条红腰带

最爱喝的是女儿红
最爱唱的是满江红
最爱坐的是大红轿

最爱挂的是红灯笼

最爱舞的是红飘带

最爱吃的是红烧肉

最爱尝的是红辣椒

最期盼的是红太阳

最爱梦的是东方红

最悲壮的是砍断红脖子

喷洒一腔血

红色

是中华民族的最爱

是中国人的文化图腾和底色

是中国人的精神皈依和神往

红色

代表着喜庆、热烈与吉祥

红色

蕴藏着红心、坚贞和高尚

中国红

吸纳了朝阳的元气

采撷了晚霞的光芒

凝聚着血液最浓稠的因子

糅进了南国红豆最柔情的色彩

中国红

红中国

谁敢忘记
那一面飘扬的红旗
是千千万烈士喷出的一腔热血

老　牛

用一身的皱纹
捆绑着将要散架的骨架
卧在槽下
咀嚼着悠悠岁月
和一腔寂寞
深陷的眼窝
隐藏着天堂

夏天,我想穿上皮袄

六盘山
戴上了灰色的狗皮帽
紧裹着羊皮皮袄
叼着太阳的烟斗
吐出的烟雾
缠绕着视线

我想,夏天的风雪

只是一个错误

不然六盘山老人

还穿着绿色的裤子

不管大风灌入裤管

还是旋起了春天的舞姿

我想穿上皮袄

和六盘山并排蹲下

说一说今年的夏天

顺手将六盘老人的烟锅

磕灭在远山畔

我准备穿上皮袄

度过西海固的夏天

辑三　黄土之子

轮椅上的村庄

一座楼的脚手架散了
狗娃的身体也散了架
坐着轮椅回了家
从此，轮椅行走在父母的两行泪上

每当路过那座城市
狗娃用拐杖指点着许多楼说
那栋，那座
狗日的
是老子建的
老子的一条腿
就插在那里

我看见夜幕下
隐隐约约的高楼
真像半截人腿
里面住着灯光和人

狗命贱
死不了

我要坚强地活着
坐在轮椅上的狗娃
我感到是一座行走的山

城市是不是诺亚方舟
我不知道
但山村坐在了轮椅上

三　炮

叫他三炮其实不虚
说话如炮
脾气如炮
做事如炮
好像三炮一身的药捻子

村里无事的时候
三炮是个哑炮
一旦有红白之事
全庄除了叫驴的声音
就是他的吼叫

说也奇怪
老少都听他的
说他的炮是公正仗义之炮

炸了也不伤人
就连邻里的闹心事
也被他一炮轰平

三炮的棋术臭了一道沟
却是棋霸
棋摊摆开就一蹲一天
浑身都是药捻子
一点一响
争棋挣得屁如闷炮

三炮走了
全村的老少为他送行
说他是个好人
他走后
村庄哑静了好些时间

那一个坟堌堆
像埋着一颗土地雷
长长的拉线
牵在同辈人的手中
想他的时候
就猛拉一下手中的线绳
他会钻出坟墓
又吼声如雷

跛子老四

跛子老四姓李
铁拐李的"李"

只要他走起路来
世界肯定会摇晃起来
跛子老四不但人跛
说话也跛
脖子红筋暴跳出来了
嘴里的话还蹦不出来

跛子老四独身了一辈子
一人吃饱
全家不饿
也是个认死理死认理的人
《秋菊打官司》中秋菊死要说法
跛子老四死要道理
村干部见他绕着走
政府的一切好处他都拥有
只差分配一个媳妇
跛子老四见村里的媳妇子
动脚动手
说摸一下天塌不下来

有时孩子不睡觉
奶奶就嚷跛子老四来了
孩子赶紧闭上眼睛

埋老四的那一天
我烧了一盒香烟
走吧，老四
找你的师傅铁拐李去吧

阴　阳

阴阳
相当于阴阳两界的大使
有外交豁免权

三百六十五个日子
可不是随便享用
在王阴阳的指尖掐来算去
才能开展村子里的大事

好日子都算给了别人
剩下掐破的几个日子
像补丁
补在孩子老婆的身上

我说王阴阳你会算

为什么不算好自家的光阴

一切都是个定数

阴阳的命天注定啊

声音一长一短符合阴阳

翻白的眼睛看着天空

语气很有哲学的气韵

王阴阳说

阴阳吃两世的饭

办两世的事

鬼事即人事

人事即鬼事

都为了平顺

我对王阴阳很不感冒

但我觉得他是山沟里

最懂哲学的人

小脚奶奶

岁月都生季节性的疾病

小脚奶奶仿佛没生过病

双手拄着拐杖

拐杖支撑着胸部
半倾着身子站在庄院的大门前
一站就九十多年
和大门前的一棵苍柳一样

小脚奶奶没出过远门
解开的裹脚带
是她一辈子反复走过的路
河沟对面的山地及四季的更替
是望见的最远的风景
门崖下一条山路上的人和牛羊及狗
是她百读不厌的经文

耳朵很好
窗户前苹果树
不论萌芽声
还是阔叶声
以及落地声
她都能听见
麻雀的叫声
是她清晨起床的闹钟

缠足是每天的第一道作业
又细又长的黑色裹脚布
裹缠着不是畸形的脚
而是中国的一段历史

我感慨这双鼓点似的脚
如何走出一百多口人的家族史

小脚奶奶不识字
一辈子光知道说好
日子好，儿孙好
社会好，饭菜好
啥都好！

小脚奶奶是庄里文物级的老人
但也永远睡着了
只留下一根桃木拐杖
不知阴间还要不要缠足

石　匠

祖上把手艺传到他
石磨石碾却躺在了墙根
晒太阳
或堵了猪圈门

石匠吞吐着西北风
诅咒生活是块块丑石

石匠是吃石头长大的

命很硬
他把自己的命炼成了铁锤
从石头中凿出石狮子
摆在了富人家的大门前
他把一个人敲进了石头
让千万人敬仰
他用下脚料铺垫一条路
通向山外的路

石匠家的生活精美了
一凿一凿地叩拜
粗糙的石头会开花
哑巴的石头会唱歌

下蛋的公鸡

从代养十几只珍珠鸡出发
走出了一个小型家庭养殖场

珍珠鸡是黑的
山羊是黑的
王嫂穿了一身黑
她给自己的日子
打了一个黑色的蝴蝶结
飘飞在村庄

她给远方打工的丈夫说

家里迫切需要一只公鸡

哪怕是只管打鸣

下蛋的公鸡

是乡村的赞誉

其实她是一只威武的母鸡

一边下蛋

一边引领着山村

许多媳妇子

在她的带领下

像一群飞舞的蝴蝶

有时也吵闹如山坡上的珍珠鸡

写诗的老黄牛

老黄牛是他的笔名

老黄牛本身是一首诗

他也写诗

他写的诗没有他种的庄稼精致

许多诗句像杂草

与小麦洋芋竞争着土地

有时太直白

直白如深翻过的一片梯田

但他的诗

胜过了许多专业诗人的呻吟

和先锋诗人发高烧的呓语

他做完一天的农活

夜深人静

一盏二十五瓦的灯泡儿

陪伴着他在手机上

记录着昨夜星辰

和今天犁沟里冒出的灵感

老婆翻了个身

迷迷糊糊地表扬说:

神经病

乡村教师

撤乡并校了

老王老师送走了最后的三个学生

快退休了

他选择守护校舍

和他工作了多半生的校园

一起荒凉

学校在时
乡村的灯亮着
学校走了
乡村的灯也熄灭了
寺庙的灯越来越亮

时代走得很快
快得使老王老师只剩下记忆
他回想这个学校
走出去的一批批学生
许多都在城市成家立业
还有一个是省委副书记
他想到这个学校
曾经是乡里的人气中心
热闹使他损失了好多茶叶

看见院中的一群麻雀
叽叽喳喳叫着
他似乎听见一教室的读书声
感觉脸上蠕动着两行虫子

寡妇门前

失去丈夫的女人
失去了路
一出门
便是崖沿

天上的星星多
没有寡妇的眼泪多
寡妇的日子
是泡在碱水地里的苦菜花

好像寡妇是一池墨水
许多自诩白净的毛笔
饱吸墨水
任意点染
有人画成了山水画
有人涂成了星月夜
有人描成了贞节坊
有人点成了风流河
寡妇是乡村的话题作文
主题都与性隐隐有关
性是城市生活的主题
却是乡村生活的背景

寡妇门前是非多

千年古训

是一条封锁线

寡妇是生存在舌尖上的女人

如要活出尊严

除非唇枪舌剑

还要一手抓地

一手撑天

我们庄里的张寡妇

就是一个身壮如牛的泼妇

她说找一个男人

就是找一个看门的狗

一个女人养老扶幼

像男人一样参加村里的活动

门前居然没有是非

哦,随便说一声

她已搬迁到城里儿子的家中

据说还当了居委会主任

放羊老汉

在放羊老汉的眼中
除了羊是最亲近的同伴
山上的一切都有生命

他指挥着羊沿梯田埂子走起
因为埂子上的草疯长
并有叛逆逃避的性格
应狠狠地撕扯并啃最嫩的地方

寂寞的时刻
抓起一块石头
扔向天空的飞机或飞鸟
高兴的时候
向山沟扔一块石头
听一听山沟疼痛的哎哟声

跟着羊群
大声吆喝或说话
说给羊听
也说给自己听
山野听惯了他的话
也在不远处回应几声

放羊老汉的人生轨迹

应没走出包围村庄的七八座山

看起来不远

却走了一生

他把子女牧放成一个个大学生

把朝阳放成了月亮

把山丹丹花放成了天上的星星

把一个少年放成了白头翁

他姓什么叫什么村民忘了

只叫他放羊老汉

在山上飘了一辈子

他飘得一嗓子好花儿

我最爱听

阿哥的肉肉面片子

稠稠地捞上者一碗

想你想得不行行

趴在地上画人人

唢呐手

红白之事

是乡村唢呐手吹出的

微闭双眼

面向高山蓝天
用足丹田之气
整个人就是一支青铜唢呐
沟沟壑壑的串联音箱
把一个村庄吹得喜气洋洋
或珠泪涟涟

老辈人反对两个行当
阴阳阴阴阳阳
唢呐手吹空了光阴
吹破了裤裆

唢呐王的唢呐
远近闻名
人说他把死人吹得死去活来
把活人吹得涕泪横流
吹着吹着
吹哭了自己
把一片杏树吹得呜咽哀鸣

他的唢呐专家审核为非遗项目
又是录音录像
又是上县城省城
一个山村跟上风光了一回
他终于吹出了一院砖瓦房
把自己的婆娘也吹得妖娆

红上衣,红裤子,红纱巾

像一只黄土地上的红狐狸

母亲的动作与土地有关

山陡坡地

母亲习惯于跪

跪下点种

跪下收割

母亲跪下生存

我们就能站着生活

坐在麦场

筛子是圆的

麦场是圆的

干瘪的日子

从簸箕的前方

麻利地离去

一排玉米棒

码在院子的光亮处

金黄的岁月

总让坐在树下纳凉的母亲

把一排排玉米棒

看成捍卫日子的子弟兵

母亲的动作
总与土地有关
趴在一坨热炕
感受幸福的温度
天阴下雨的日子
用一把剪刀
剪了一炕的乡村风景

母亲的动作
就是山村的主题歌

给父亲写传

给父亲写传
线索是深深的犁沟

半卷裤腿
将赤裸的双脚
深深地踩入新翻的犁沟
点种着脚印
一个脚窝
一滴汗水

深埋坡地的脚印

是黄土高坡培育的最好的种子
有太阳的金黄外表
有月亮的洁白内核
有岁月的抗寒抗旱的遗传基因
生根发芽
拔节抽穗

一有时间
父亲总用慈祥和期盼的目光
检阅着一行行翠绿
一畦畦粉红
一片片鹅黄

深深的犁沟
把父亲从一个少年
一下子种成了白头翁
如今年迈不能耕种的父亲
还爱蹲在田头
守望着深深的犁沟
像守望着祖宗的灵位

父亲的传很好写
但写好也很难
我就从深深的犁沟写起
因为犁沟里也种着我

那一声吆喝

腊月宰猪
拉开了山村过年的序幕

猪凄厉的叫声
遮挡不住乡村的狂欢

伤命骨让宰猪的人带走
烩一锅肥香的肉菜
犒劳亲朋好友

奶奶总改不了那个习惯
端一碗肉
从上庄走到下庄
一边走一边喊着亲戚家娃娃的名字

长一声,短一声
声音里飘忽着肉香

那一声吆喝
在我的记忆里飘荡了几十年
总是悠悠地
冒着热气

弯弯绕绕的山道
弯弯绕绕的吆喝
弯弯绕绕的乡情
弯弯绕绕的记忆

山村的吆喝声
是乡愁的灵魂
那一声吆喝声
穿越了时空

我的心田
生长着两种庄稼
一种是吆喝
一种是炊烟

那杆旱烟锅

想起了爷爷
就想起了那杆旱烟锅

冬天,爷爷靠那杆旱烟锅
取暖
蹲在墙根
美美地吸一口

吐出热气腾腾而又呛人的冬天

夜晚，看不清爷爷的模样
只看见旱烟锅一明一暗
与长夜对话
有时一声叹息
将长夜砸了一个黑洞

爷爷总把紧巴巴的日子
填进旱烟锅
点燃
一脸的沉默
被浓烈的烟
时时封锁

爷爷总说
你们往饱里吃
我抽饱了烟，不饿
那一只旱烟袋
干瘪了一个时代

记得下葬的时刻
父亲一再提醒
让那杆旱烟锅陪伴爷爷
不然爷爷上路时
会寂寞

一只旱烟袋里

装着一个村庄的饥渴

一杆铜头旱烟锅

终于磕落了一个时代

母亲节

想给母亲写首诗

却不知道怎么写

想了很久

还是写几句诗歌

开头就引入蓝天

还有那朵故乡的云

中间还是不知道写什么

我看见了池塘里

一只老鸭带领着一群小鸭

老鸭的羽毛下露出一只头

张望着世界

末尾写点什么呢?

夕阳静静地站在村口

山地一片温暖

这首诗没有诗眼
就把那一轮寂寞的月亮
写进心里

冷月无声
我掉下两行热泪
我害怕苍老
害怕疼痛的长夜

生活可能是千万种疼痛
有一个朴实的人
教会了我像苦菜花一样微笑

黄土地上的庄稼

洋芋起了别名叫土豆
土豆就是土中的豆子
带有泥土的秉性和脾气
和大豆豌豆一样朴实憨厚
都属于庄稼中的老百姓
最大的优点是能生一炕儿女
并且生机勃勃不嫌弃任何土地
土豆花开的时候
也是黄土地最骚轻的时候
土豆堆积如山的黄土地

如过满月时的媳妇子

小麦总以贵族的身份审视田地
其眼神和松柏树一模一样
总瞧不起满山遍野的旱柳和杏花
因而旋起金色的芭蕾
引逗得阳光也随风翩翩起舞
让人眼睛也金光四射
贵族都是有身份的人物

红高粱如同预备役民兵
以整齐挺拔的方阵
随时接受主人的检阅
腰中的弹夹匣满一排排子弹
准备射向深秋之后的寒冬

谷子糜子为人谨慎拘泥
时时垂下沉重的头颅
听从风雨阳光的训斥
垂下头颅的并不都是奴仆
而是一种心智和成熟
沉默啊,沉默
不在沉默中辉煌
就在沉默中金黄
谷子糜子是我的偶像

荞麦是典型的民歌手

漫起花儿

山坡尽是蜜蜂的粉丝

胡麻自认比不上油菜花的通俗唱法

但坚持自己的本色

以吼秦腔的姿态深入山坡梯田

莜麦的铃铛

摇响了山野

听见铃声

黄鼠、黄牛、野鸡、羊羔

都会进入莜麦地

朗诵铃铛写就的诗句

其实,没有铃声的自由自在

就是这些学生模样的家伙的野心

黄土地上真正的庄稼

就是泥腿泥脚

生长出四季

生长出岁月

生长出扎扎实实的生活和历史

只可惜许多庄稼漂移在城市的水泥地

山月新婚别

农庄垂老别

候　鸟

从寒冷飞向温暖
候鸟
一直追逐着春天

飞越沙漠
飞越高原
飞越城市
湖泊湿地
是一个个驿站
迁徙的羽翅
剪辑着天空
掉落的羽毛
以芭蕾的舞姿
融化在身后的蓝天

枪口或网,或捕食的眼睛
讲述着陷阱或阴谋
迁徙的长度
有时,也是生命的长度
掠过子弹的飞翔
总是候鸟的噩梦

一种生命的春天
总是另一种生命的冬季
一种生命的天堂
却是另一种生命的地狱
飘飞的羽毛
是散文诗一样的墓志铭
飘飞的羽毛
很沉重
能把诺亚方舟压翻

相信远方
总有春天
这是翅膀的信仰

我要飞翔
因为我是候鸟

向日葵

遗传基因确定了
一生要向着太阳
从清晨
到黄昏
从春季
到深秋

转动着微笑的脸
以仰视的虔诚

成熟了
面对着瑟瑟的秋风
再也无力仰望
成熟
就是不得不垂下自己的头颅

垂下了沉重的头
思想的瓜子非常饱满
乃至头颅炸裂性的疼痛
垂下成熟
意味着背叛

镰刀割去了成熟的头
只剩下立正的秆子和舞动的绿叶
站在秋天的旷野
田园看起来飘逸轻松了很多

无头的向日葵排列整齐
在秋风中唱着士兵进行曲
叶子非常高兴
做着丰收的梦

可向日葵说

宁可让利刃割去头颅
也不在平庸中枯萎

山村黄昏之舞

旱柳在山峁上
和着秋风的音乐
独舞乡村之黄昏
以夕阳为背景

乌鸦结群
在山的高度和蓝天的背景下
近似于醉后的 K 歌
和迪斯科的节奏
狂歌乱舞
这是乡村最吉祥的时刻

狗向路人热情地道着晚安
几只畅饮河水的驴
狂奔乱跳
有时歌手般地吼上几句
一路飞扬的土尘
描绘出舞者的波浪轨迹

牛历来稳健

踏着花儿的旋律和舞步

盈实地走在乡间小路

由于舞步坚实简单

博得一群羊的喝彩

老奶奶是乡村最传统的舞者

拄拐远望

佝偻漫步

骂骂拴狗

爬上炕头

望着窗外

孤独像潮湿的夜雾一样

风湿得人心疼

村口悬坠的那盏路灯

是孤独的舞者

指引着进村出村的方向

白路面上

没有影子

没有脚步声

但总感到有什么往来

乡村文艺

一层层梯田

呈现出诗歌的模样

粉红的荞麦花

黄色的油菜花

粉白的洋芋花

紫蓝的胡麻花

都是诗歌的语言

在各自的季节里摇曳飘香

黑叫驴是乡村歌手

一声长调

沟沟壑壑像热情的观众

齐声传唱

直至声音落在坝水面上

击中蛤蟆露出水面的额头

一群山羊以散文的笔调

在山坡地头飘移

飘到山顶的高度

放羊老汉吼起了骚花儿

那声苍凉

那声寂寞

把乡村散文的水平

拔到了和云一样的高度

喜鹊总以新闻发言人的身份

在大柳树的平台上

报告乡村的新闻
但大都已成故事
只有老太太相信
大门洞前的狗不时尖锐发问
喜鹊都懒得回答

乡村之夜静得让人发怵
手电筒照到的眼睛
比如老鼠、猫头鹰
野鸡、野猫、野狗的眼睛
还有李老汉家疯儿子的眼睛
还有一闪而过的身影
都是乡村小说的细节描写
弯弯曲曲隐隐约约的山路
通向山顶的弯月
它是乡村小说的叙事线索
主题直指空虚空巢空旷

山神庙上的风铃
和一盏幽暗的吊灯
是乡村文艺的刊名
守护记录着乡村的梦

拔麦子

川地,用镰刀收割
山坡陡地
麦苗稀疏
只能双膝跪地
用双手一寸寸拔

火辣辣的太阳炙烤着大地
汗津津的脸
太招惹饥渴的蚊蝇
针尖似的麦芒
总想品尝眼泪的味道

手被勒肿
裹上布条
血从布条中渗出
像一剪寒梅
金黄的麦苗
捆成捆,站立起来
守望着田野

拔出的麦子带起地表的土
软绵绵的
光脚尽可能深地戳进凉快的黄土

就有生根的感觉

一深一浅的脚窝
和膝盖的深印
是黄土高坡上
又一种旱涝保收的庄稼

挖洋芋

我与坡地构成六十度的夹角
镢头甩成一百度开外
叩问坡地
伺候你快一年了
可有收获

一镢头下去
洋芋颤抖着
像人遇到熊爪
连根带茎裸露出来
不谙世事的土豆
挤成一团,闭着眼睛
像一堆刚出窝的狗娃子
感受风,感受阳光
听镢头挨家挨户的敲门

我真的是地主
向坡地讨要租金
那些被切割残损的洋芋
用伤口或残躯
向苍天控告我的冷酷
苍天对它们说
残酷的还在后头

深秋的坡地
吹响了洋芋集结号
一堆堆，一摊摊
以集团军的阵势
开始誓师大会
我是将军

有的愿意屯居地道
伺机而动
有的乘坐拖拉机
直接开赴前线
洋芋最大的优点
是没有思想
或听从镢头的鼠标

其实，我不是地主
我只是将汗珠子种在土地
像养育自己的孩子一样

深秋时分

成熟的汗珠

接受检阅

第一滴春雨

第一滴春雨

砸在山路的细土上

扬起些许尘埃

美得像喇叭花一样

我听到黄土地快乐的呻吟

接下来的蒙蒙细雨

使干冷的空气湿重起来

湿重的空气里

萌发着对于春天的想象

一切愿望

都从桃杏杨柳的芽苞中吐出

蒙蒙的山

蒙蒙的村庄

蒙蒙的狗和鸟雀的叫声

都挂在嫩草尖与芽苞的雨珠里

春雨贵如油

春雨是流量

启动了农村的春播模式和程序

第一场春雨
太萌了
目光掉在土地
都会发芽

春 雪

村庄刚脱下棉袄
穿上了沙尘的风衣
一场大雪
又使村庄进入木刻模式

村口的大柳树下
三五个石碾子一半藏在雪中
一半显示着古老岁月
西北风在树梢以不变的声调
朗诵着村庄的清静和清贫

麦场中雪花一样飞扬的
还有麻雀鸽子的翅膀
露出泥土的地方
隐藏着翅膀扑腾的饥饿
老鹰站立的山岗的树枝上

燃烧着食欲的火

一户户村庄
像一头头静卧的花牛
咀嚼着纷纷扬扬的雪花
春雪的高贵之于村庄
仅次于山坡上的神庙
所有的狗在下雪时分
都统统闭上了嘴巴

庄户人家的土炕太热情
使扑进门窗的雪花瞬间融化
青年人早已一阵风似的远离村庄
老两口爬在炕上
计划着如何将厚厚的白雪
变成秋后的青油白面

一朵雪花就是佛经上的一个单词
一朵朵雪花就是佛经上的一个单句
一场风雪就是大山聆听的福音
村庄没有过多的奢望和奢华
唯把老天爷飘下的雨水和雪花
作为最真诚的"中央一号文件"拜读
二月二
龙抬头
大仓满

小仓流

西吉符号

山顶和村庄的堡子
如历史的疤痕
一戳就流血
可作为西吉身世的符号

葫芦河
河如串联的葫芦
无溪流可装
流淌的却是涓涓的汗水泪水
可作为西吉的血液符号

月牙上的《心灵史》
和山顶上唱花儿的花儿
以及秦腔的苦音二流
可作为西吉的骨髓符号

联合国给西吉的定论
不适宜人类生存
五十二万回汉人民
却用土豆芹菜黄萝卜荞麦花
可作为西吉的色彩符号

黄土高坡上
灿烂着文学的山丹丹花
可以符号西吉的灵魂

公鹅展翅飞过河
留下母鹅喊格格（哥哥）
可作为西吉的爱情符号

丹霞火石寨
草甸月亮山
红色将台堡
苍天一滴泪
可作为西吉的秀美符号

西吉的符号很多
如果再浓缩
那就是一把
闪耀着太阳光芒的犁铧
和如镰的山月
可作为西吉的品质符号

社　戏

今天是九月九

老王用犁铧和一对老黄牛
在六十度的坡地上
一垄垄登高
登到太阳出山的高度
社长打来电话
让他准备唱社戏

村庄最风水的地方
神殿与舞台庄严地对望
平时，看社的老汉咳嗽声
给寂静的社增添了几分阴森
唱神戏，是庄里人必修的功课

唱戏，老王是行家
地耕到累时吼几声
麦割到深处唱几句
一座座山听成粉丝观众
还用回声赞扬老王的嗓门
吃草的牛羊和野鸡是吼娃娃

戏台正对着殿门
该请的神都到位了
一边品茶、唱酒，享用着供品
一边看着庄户人
上演天庭、人间、地狱
上演神的法力

后台妆戏的演员二十几个
台前两边坐着十来个老人
老眼昏花地看着老眼昏花的戏
几个花花绿绿的孩子
早在花花绿绿的后台张望
演戏的人多,看戏的人少
这就是神戏

老王面对的是神,演唱一丝不苟
唱到苦处也想到了自己的苦处
演唱得声泪俱下
台下的白胡子连呼过瘾
听着听着流下了两行热泪

戏台的灯火和稀疏的观众
使村庄更加古朴幽静
我坐在戏台下
像身边一朵趴在地缝里的野花

2015 年的第一场雪

2015 年的第一场雪
比 2014 年来得更早了些
天气霜降的第三天

央行"双降"的第二天
在黑夜中完成了降雪的作业

深秋的黄土小镇
本来是一位风骚的黄脸婆
一场雪
一下子进入了木刻时代
世界进入黑白模式

不甘坠落的黄树叶
在树枝头说话舌头有点僵硬
身体哆哆嗦嗦
一群麻雀站在枝头
也讨论着第一场雪及"双降"的话题
也站成枯叶的模样

孩子们包裹得花花绿绿
不像春燕
胜似彩色的企鹅
移动成空旷的山路上的彩色标点
学校好像是春天聚会的地方

下吧,下吧
我有一把 1960 年生产的青铜酒壶
能装下所有的冬天

听杨乐弹唱《音乐响起》

音乐响起
一位老男人怀抱吉他
弹唱着自己

曾经的辉煌
已化为满头白发
一开嗓
时间好像凝固
他说
这个世界与他没有关系
音乐响起
能使灵魂安静
满脸散发着幸福的光芒

这个老男人
用自己的骨头唱歌
唱出了冰刺的沧桑与孤独
声音像冬天的泉水

他只想做个墙角的蟋蟀
弹自己的肋骨
唱灵魂深处的歌

小人物（组诗）

扫大街的

天还没亮
一种蠕动的速度
一种节奏
从街道慢慢走过
路灯认真地检查
她走过的地方
没留下任何痕迹
她和黎明同时蠕动
城市以干净的面孔
迎接着新的一天

没有她
城市是一个肮脏的孩子

修鞋的

像一只小乌龟
爬在向阳的角落
观看着来来往往的人
脚步是否稳当
给行人钉上脚掌

给行人补稳脚跟

让一双双修正的鞋

替自己去走人生路

是他最大的幸福

他的人生被钉在马路边

他为匆匆忙忙的脚

保驾护航

我想,他是脚的航标灯

送快递的

城市是一片森林

送快递的

是一只只蚂蚁

匆匆忙忙地奔跑

匆匆忙忙地攀高上低

一片森林

到处是他们的身影

城市是静止的

他们是运动的

城市因他们的运动

而血液流通

二　爷

二爷今年九十九岁
耳听蚊叫
眼见山头上的羊群
声震窗户玻璃
吃一大碗羊羔肉
喝半斤衡水老白干

人见到二爷
问：二爷，你咋还不死？
二爷心情好时说：
阎王爷忘了咱
心情不好时怒斥
那么好死，你咋不死去！
像愤怒的老牛
用牛角将人逼死墙角

二爷经常瞅着子孙为他
早备的棺椁
眼睛闭成一条线
自言自语
人一辈子
就为了这一方棺材

有时,还扬言
要提前进去躺一会
体会里面的舒适度

替他躺在棺木里的小麦
换过好几回
就不见二爷替换小麦
棺木放在二爷的屋内
成了他的伴侣

农村人
有早准备寿衣棺木的习俗
用死后的行头钉住死亡
人往往长寿
二爷忘记了岁月
岁月忘记了二爷
相安地活着

二爷有时直勾勾地望着什么
说他看到了童年的伙伴
看到了死去二十余年的二奶奶
以及一伙挎着洋枪骑着大马的人
听得我头皮发麻后背发凉
老妈说:二爷今年不嫚劲了
说得我两眼泪花儿转圈圈

只识一个字的网友

大嫂生下了三个孩子
三个孩子都上过大学
三个孩子的故事
像一轮太阳
照耀着大嫂的天空
大哥只是一颗星
一颗指引家庭方向的星

大嫂是文盲
五千多个常用汉字
不知谁只教会了她一个字:妹
并且好像描绘了这个字的利害
这个妹字
就是世界的祸根

大嫂经常翻阅大哥的手机
只要见到这个字
非常机警
就问这个妹字
是谁家的妹子
她的头脑布满了阴云

啼笑皆非的大哥

尽量删除短信微信
尤其有妹字的内容
可大嫂的眼睛像筛子
冷不防筛选出一个妹字
眼睛飞出两把刀

我给大哥说
你要把哥字教给她
让哥字分散妹字的心
有时我想
用一个汉字认识世界
这也是个不小的学问

辑四　　日子之集

我欠老爸一个拥抱

出生在山窝

学会了山的处世方式

和老爸对视一下

便进入静默模式

像两座山

并排或面对面坐着

每次离家远行

老爸在夜晚

把所有的嘱托

打成结实的背包

然后在我走时

在一旁果断地挥挥手

我走远了回头一望

远处站立着熟悉的身影

候车的时候

老爸总是接过行囊

推我先走

接站的时候

见面一笑,然后
默默地跟在我的身后

每次电话
遥远的那头
问得最多的问题是天气
说得最多的词语是好字
天气好,一切都好
父与子的心意
都蕴含在电话的语气和口气中

老爸
我在梦中呼喊了千万次
我爱你
我在心中拥抱了千万次
可每次离合
我没说一句我爱你
没和你拥抱一次
只用目光表述爱意
难道山示爱的唯一方式
是近似于冷漠的沉默?

老爸
今生,我欠你一个拥抱
和一句滚烫的话
那就让我拥抱来世

我继续做你的儿子

晒太阳

场院里的太阳最好
一群麻雀
几只乌鸦
还有野鸡
在石磙下麦草堆上
扑扑腾腾
寻觅着颗粒的阳光

牛背上的阳光最好
喜鹊站在牛背上
梳理完羽毛
跳起舞蹈

上房台上的阳光最好
几位老人闭着眼睛
沐浴阳光
偶尔讨论一下阳光的话题
也将黑夜的忧伤
晾晒在白发和手中的假牙上

炕上的阳光最好

老猫在阳光下

诵读着睡经

偶尔睁开惺忪的眼睛

望一下大门顶上的瓦片上

闪闪烁烁的阳光

又念起自己听得懂的九阳真经

太阳真好

不嫌弃穷人

和村庄

感动得积雪流下了眼泪

活到老了

活到老了

才知道人活着

只是活着一种心情

一生的奔波

只是给心寻找归宿和安详

心收缩了叫痛苦

心舒缓了叫快乐

心震颤了叫惊恐

心澎湃了叫激情

心澎胀了叫欲望

心宁静了叫安详

千帆竞流的日子
像黄叶纷纷落下
化为秋风驱赶的记忆
时光的恩宠与赐予
都还给了江河

从生到死的路上
背负的越来越多
走进夕阳
才知道自己一无所有
你吃光阴多少
要用生命还本还息

人生如茶
茶如人生
生活的开水
总将生命熬成一团皱纹
捆绑散架的人生

人活到老了
能安详地看着自己的灵魂
和世界
像露珠挂在绿叶
就很幸福

驴之歌

河滩上两三头驴

慢慢地散步

时不时啃几嘴露出土皮的青芽

嘴唇与门牙有点青绿

吐吐声既是习惯

又将唇上的土尘弹飞

饮一气霞光

眼盯着溪流中的太阳

豪情从心底喷涌

面对着山畔的夕阳

引吭高歌

然后狂奔山地

身后的土浪

化为一天生活的高潮

没有牛的稳当

却有牛的脾气

没有马的飞驰

却有马的负重

没有羊的温顺

却有羊的忍耐

驴被蒙上眼后

是一种执着于圆圈的奴隶

和驴一样

人类嘲笑驴的机械和呆滞

多少政权不想把大众

训导得和驴一样

驴憨、驴傻、驴呆

一使劲儿屁如风吼

连吼一声也荡气回肠

驴坦坦荡荡地做驴

驴不懂阿谀奉承

驴脾气一上来

世界只是犟的气场

一把青草的关爱

换来一生的勤奋和忠实

驮耕拉骑

直至卧倒在生命的尽头

驴不吃人

人吃驴

驴不伤狗

狗咬驴

驴总用逃避的方式

生活在动物世界

驴是我的偶像
尽管许多政客艺星和驴一样
我是黄土地上一头驴
尽管生活邋里邋遢

摇一摇

无聊的时候
拿起了手机
选最远的
和最近的
摇一摇
摇出了村长
和寡妇

再摇
天涯的叫诗人
咫尺的是乞丐

这个世界怎么了
越摇越糊涂

粽 子

青青的粽叶
像汨罗江
洁白的糯米
像屈原
那一颗红枣
便是江中的夕阳

青青白白
棱角分明
一颗红心
便是粽子的内涵
粽子
成为中国文化的意象

投入江中的粽子
能否保全屈子的肉体
狗鱼们牙齿尖锐
扑向粽子
将夕阳撕碎成满江红

善良是老百姓的墓志铭
邪恶是狗鱼摇晃的旌旗

守望端午

应当守望屈子的灵魂

粽子

是播种在中华文化土壤里的

种子

罐罐茶

红土泥巴

和着剪碎的头发

搅拌出黄土高原的筋道

捏制成胚子

在炎阳下浇水暴晒

集天地人灵气的炉子

常坐在主人的枕头前

木材、干牛粪、杂草

把嘴鼓成鼓风机

拱起一团烟火

熏烤着罐罐茶

眼泪哗哗地流着

幸福地守侯着

泥罐罐不大

塞满了砖茶

倒在杯中的茶

让你尝尽人间的苦涩

而老辈人说

这才是人间甘味

亲戚不走

茶罐子不倒

那个煎熬啊,煎熬

煎熬尽了黄土的日月

罐罐茶已淡出了岁月

老辈儿的乡愁

还在我心的罐罐茶中翻腾着

有时我真认为

生活就是一个火烤的大泥罐

山里人是一片片茶叶

被岁月煎熬着

抓五子

五个羊拐子

五个石子

五个桃核子

五个杏核子

只要是五个东西

哪怕是五个星星

山里的孩子

平坐在一块平地上

也能抓出五个太阳的热情

五个月亮的圆润

丢起一粒石子

眼盯着石子

手抓起地上的四粒

然后接住垂下的那粒

依次类推的游戏

只至丢四抓一

难度越来越大

将整个身心投入五子

抓地接天

身体是擎天一柱

高手还要用攥着石子的手的食指

在地上画钩或圆

高手的高手直至盲抓

那种专注,那种精神

抵挡了天天来袭的饥饿

和漫长的日月

三十五年前的抓五子

相当于三十五年后的玩手机

穷有穷的智慧

富有富的呆滞

中　秋

故乡的大门口

有一张沧桑的脸

手遮阳光

总在不经意地张望

期盼山路上

走来熟悉的身影

又回过头

边走边念叨

娃娃，肯定忙着呢

她就是故乡的一轮明月

不管你多忙

这一天

面对故乡的方向

深深地鞠个躬

忘掉江湖上的无奈和惆怅

用心放映一下沉积心底的风景

想象月下还在辨识脚步声的母亲

然后，拍拍身上沉淀的月光

走入茫茫的星海

那一轮明月

不论你走到哪里

总跟着你，瞅着你

盼着你

臊子面

羊肉小炒

大肉细炒

醋炝葱花或韭菜

这是臊子

俗话说

打倒的媳妇揉倒的面

面揉倒之后

擀成一轮明月

折叠成七言律诗

然后用刀切成细细的宋词

撮起一扬

细如龙须

发表在沸腾的大黑锅里

臊子面

为什么又叫哨子面

清酸汤,些许臊子
些许龙须
一筷子捞起
一口气吸到肠子
还带着吸溜的哨音

臊子面
吸着吃
那个酣畅淋漓
痛快到骨缝子里
像一挂瀑布
一泻千里
哨子面
又叫长寿面
切得越细越长
寿路越长

吸八碗臊子面
就记住了乡愁
母亲从不吃头梢面
爱吃剩下的面梢头

吸臊子面
我想起了六七十年代
漫长的白天
和漫长的黑夜

搅 团

山里的民谣说
亲戚来了做啥饭
着急八忙散搅团

手持擀面杖
一手搅动滚汤
一手细撒荞面
左三圈
右三圈
脖子扭扭
屁股扭扭
眼力随着渐硬的搅团
也筋道起来

然后，文火
擀面杖朝一个方向
使劲儿搅动
像太极拳中的对练
直至一拔擀面杖
能有提起锅的感觉

搅团，越搅越团

将亲情搅动起来
你中有我
我中有你
结成不分彼此的面团
那种凝聚的合力
足以抵抗艰难的岁月

生活,总要有些佐料
才有滋味
搅团的佐料
蒜泥、炝醋、油泼辣子、腌韭菜
那种辣心的感觉
那种大汗淋漓
西北人说美就是美得醮蒜
所有的日子
一旦醮上了大蒜
那才叫美咧美咧
醉咧醉咧

至于绕头一圈的吃法
又叫缠头饭
呵呵,那是个传说

送寒衣

跪在十字路口
画一个开口的圆圈
点一炷香
将寒衣一件件焚烧
让朔风捎去寒衣
也捎带上带泪的问候
快一年了,在那边过得咋样?
天冷了
穿暖衣服

十字路旁
燃起了一堆堆送寒衣的火
将肃穆的黑夜照得通红透亮
雪雨的阴阳两界
被这思念的火光温暖
一阵阴风
纸灰飞扬天空,带着火花
人们望着风走的方向
相信阴界快递的速度和诚信
千里路上送寒衣

这个晚上
的确很阴冷

因为明天开始

高山也会穿上雪花的棉袄

太阳也裹上层层棉纱

秋虫停止吟唱

在洞穴深处闭关

而已故的人也会穿上新衣

串串门子

炫耀一下

那些没有新衣的魂魄

找一堵挡风的墙

在阳光集结的墙根

蹲下

看穿得花花绿绿的同伴们

来来往往

然后，叹一口长气

点数几张别人施舍的钞票

阴间也有走出去的挣扎

和回不去的困惑

留守村庄的老者

蹲在墙根下

用旱烟锅思考

用蜷缩取暖

那一堵写着少生快富的砖墙

也蹲在寒风里
捡拾圈外的寒衣

荞面灯盏

荞面灯盏
绝对是黄土地的眼睛
扑哧扑哧地亮着
照亮一炕桌的黑暗

和上荞面
拿捏十二生肖形象
挖好油窝窝
蒸熟灯盏
盛装清油
安装灯捻
点灯时分
月亮之神俯瞰着人间

荞面灯盏
像黄土高坡上的小野花
以卑微的目光和身份
和对生活十二分的热爱
在元宵夜
成为村庄的亮点

和巨龙比

你就是蚂蚁

和天灯比

你就是萤火虫

和五彩纷争的彩灯比

你就是一盏昏暗的乡村

孩子们守护荞面灯盏

在正月十五的月光下

与自己的幸运之神

对话

心中一片光明

而大人们把它当成精神图腾

根据灯芯水分

预测来年的光景

灯不在华贵

能点亮心田的

就是好灯

荞面油灯的一线光亮

像风筝线

牵系着乡愁

每年的正月十五

我总回到荞面油灯的微光里

接受洗礼

土豆之歌

憨憨的兄弟

挤在泥土里

把欢乐变成五颜六色的花

笑声铺满山坡

春风吹过

彩色的铃铛

摇响了绿色的黄土地

憨憨的兄弟

堆成了小山

把肥胖的身体裸露山地

阳光刺目

眼睛紧闭

憨憨的笑声

化为农人脸上的欢喜

憨憨的兄弟

养育了山村

把孝敬一代代传递

走到哪里

都是憨态可掬

一身的嘴巴

只说对土地深深的谢意

憨憨的兄弟

我的好兄弟

一身泥土

不知什么叫索取

烧烤炒煮炸

一生奉献

一生清清白白

燎　疳

采集田地里的野草硬柴

堆集在旷野

点燃

伴以鞭炮焰火食盐

让你见识

干柴见火后的猛烈

一团团熊熊烈火

照亮了山村乡镇

烈火上来回蹦跳的男女老少

像飞蛾

举行着凤凰涅槃的仪式

既送最后的年

又燎尽来年的疳

疖不是火上蹦跳的人

而是隐藏于肉体的瘟疫与晦气

应该如薄薄的油质纱棉之类的意念

一见野火

燎得干干净净

干净的生命

才能开放在春天

从腊八糊心饭

到正月二十三之间的日子

都是酒一样的日子

也是糊涂了的日子

一团火

烧醒沉醉的日子

年过后

还得度日

度日如年

扬起星火

判断一下下年的年景

火树银花凋谢后

春天才真正开始

屁　说

你说了个啥？
屁！

你是个屁
你算个屁
你连屁都不如
你放了个响屁
响屁不臭
臭屁不响
屁是一种彻底的否定
屁是度量人的一种标准
屁蕴藏着哲学

与屁打交道的人
总是心中装着屁
前肛后肛
总吐着长长的尾气

有的人说话如放屁
有的人把一种屁仰视成祥云
有的人把一切视为屁
有的人夹紧屁寻找无人的地方
有的人把屁伪装成花香

有的人对屁大鸣大放

有一种直率叫有屁就放
有一种无能叫连屁也打不出来
有一种憋屈叫有屁不敢放
有一种尴尬叫放了屁的亲戚
有一种神术叫拍马屁
有一种悲哀叫跟屁虫

小姐的屁是温柔又如钳的小手
官人的屁响而无味
明星的屁姹紫嫣红
下苦人的屁响亮而有浓度
三百六十行
行行都放屁
人生可以如烟
但人生不能如屁

当屁回归生理现象时
它是一个中性词
放在社会生活中
的确如雾霾

与其放屁都砸了脚后跟
不如放屁吹起一股黄土
听着糊涂

看着明白

对于强权专家的歪理邪说
我赞成一位伟人的断喝
不许放屁
世上最没骨气的一句话
你把我当成一个屁
放了

耍猴人

耍猴人把社会
叫江湖
和猴子一起摆地摊
叫走江湖
江湖是由一个个码头
拼接而成的模块
很生动,也很生硬

耍着猴子
猴子也耍着你
猴和人的打打闹闹
是一台小品
引来老人孩子的笑声
夜深人静时

点数着一堆毛钱
幸福从手脸的伤口溢出

和猴吃住在一起
人吃什么猴吃什么
有时猴子吃的人却不吃
猴子要干活
理应先吃多吃
猴子是耍猴人的命

常常把欢乐分享
痛苦却自己隐藏
耍猴人的江湖
谁能读懂

生活是一张大口
要让耍猴人时时喂养
人与猴的戏耍
增添了江湖的深度

一个耍字
充满了笑声
一个耍字
能拧出泪水
在江湖社会里
谁能把耍猴人

当成真正的人

人在江湖
身不由己
耍与被耍
都要在内心深处笑傲

西北老农

背驮着太阳
肩扛着弯月
日子
在眼窝中塌陷
孤寂
在皱纹里疯长
一双浑浊的眼睛
将深厚的岁月望穿

醉　了

天在旋转
地在晃动
人在蠕动
只因心杯的酒

波浪似的晃动

倒下的是酒
喝下的是心事
醉了的是记忆
受伤的是灵魂

酒杯醉了
我没醉
我是谁
我是窗外枝头悬挂的
一片红叶

我的确醉了
倒在马路上
抚摸着自己的影子
老伙计
跟随我行走了几十年
我让你时时受累
扶着月光的拐杖
咱们一起回家

民工的情书

双手搬着砖
就无法拥抱你
双手放下砖
就无法养活你

你比砖精贵
又没有砖精贵
想你的时候
我只好把砖当成你

为自己点赞

多少个夜晚
禅堂油灯下
像一只扑火的飞蛾
渴望将自己点燃

多少个雨天
躲在墙角
渴望有一把绿伞
从雨雾中为我撑来

寒风撕裂了天空

漫天雪花

谁为我织过一条红围巾

围往冬天的脖子

孤独站在人生的舞台

借着月光

面对自己的影子

默默地点赞

鲜花,掌声

那都是势利的云烟

人生苦旅

转动生活的法轮

别忘了为自己点赞

土　炕

一年四季

母亲总跪在炕眼门前

像伺候孩子一样

喂养着一方土炕

而父亲经营罐罐茶

比经营土地还要精心

亲朋来了
母亲总邀请亲朋上炕
父亲总递给客人罐罐茶
上炕,捣罐罐茶
是乡村待人的最高礼仪
热热的干净的土炕
是家庭主妇的脸面
热脸、热炕、热心肠
是生活的最高艺术

躺在一方土炕上
比躺在高楼的床上
踏实
没有人生的飘忽
和奢望

北风吹响树梢时
夏阳拷问肌肤时
秋凉侵入骨缝时
春寒渗透窗户时
一方土炕
总以温暖的柔波
滋润着我的梦

一方土炕
让游子梦魂牵绕

躺在土炕上

聆听鸡鸣狗叫

和母亲煨炕的声响

才算回到了家

耕　牛

一块块山地

就是一个个光盘

耕牛每年如期而至

用自己的蹄子

春季,录入

深秋,播放

我想说

耕牛是乡村的爷

父亲躺在炕上

用耳朵跟屋后的牛对话

听听牛睡了没

饿了没,渴了吗

一有风吹草动

披件衣服前去探望

对我的亲爷爷

他都没这么上心

不得不上心
它是全家人的命根子
我们的念书声
要从它犁翻的地垄子里发出
全家人吉祥的呼噜声
要它来来回回耙平
爷爷的罐罐茶
要它放入牛毛似的茶叶
在滚水中舒展成一叶叶鸡舌头

耕牛在山里人的眼中
就是老人家
就是受苦受难的佛
因为，它走在最前面
拉动着犁铧
犁铧翻动着生活的经卷

山地的光盘上
耕牛是划响岁月的磁针

犁　铧

闲置在院落的某个角落
就会生锈
生锈的犁铧

如生病卧床的汉子

因此，深入土地
就是犁铧的生活方向
与生存哲学
在土地上流畅地行走
把板结的土地
深翻出一波波浪花
让山地涌动起来
奔跑起来
让呆滞的土地
微笑出少女的羞涩
在初春与深秋的坡地舞台上
漫一曲曲花儿与少年

深入土地
亲近土地
犁铧灵秀生动
明亮的躯体
折射阳光
客居月亮

是犁铧
就要接地气

扁　担

斜挂在墙上
以弓的方式
与墙上移动的阳光
构成了诗的意象

看起来
比沟那边的山
比门前的苍柳
还要鲜亮
令我黯然神伤
一股热流
在心中激荡

扁担的历史
是汗水浸泡的竹简
扁担的哲学
是沉默是金
扁担的生存状态
是腰的弹簧

能够担承
这是村庄选择扁担的标准
能担承水桶、粮食、草捆

能担承家庭、生活、梦想
总之,扁担要挑起来
一头是明月
一头是太阳

扁担在山村
没有退休一说
即使闪断了腰
仍然是硬火,在灶膛

人生如茶

走累了
停下来
沏一杯茶
让心情化为杯中的绿芽

呷一口
第一杯最苦
苦一阵子
不会苦一辈子
败茶
泼掉算了

带上路的茶

都是最爱

汗水泪水沏成的茶

是茶中珍品

一点一滴地品尝

品出了人生的真味

人生如茶

时间是水

用朝露沏茶吧

坚决不饮隔夜的茶水

人生如茶

一个熬字

道出了生活百味

活　着

活着

总有一天

远离生活的漩涡

孤独成寂寞的沙丘边

一棵胡杨

看秋风扬起荒凉与苍茫

生命
本来脆弱
在尘海中摆渡了一生
只剩下脊梁的桅杆
插在光阴的沙滩上
张扬着灵魂的帆
与海鸥相望

折射阳光的沙粒
或贝壳
都是人生闪光的记忆
老了
回忆是一种营养

胡子白了

铅华落尽
头发花白
胡子白了
难道人生也进入虚无与苍白

从细细的绒毛
到黑粗的茂密
岁月如剃刀
收割着青春的韭菜

也收割着匆匆忙忙的四季

不经意间
生命的七彩渐渐褪尽
秋霜点染双鬓
生命进入了漫长的冬季

胡子白了
飘逸起来
是一面旗帜
儿孙读出了慈祥与苍老
岁月用白胡子
诠释着人生的意义

白胡子
是冲锋了多半生的生命
向生活
举出的一面白旗
铅华尽落
且听长风吟诵生命的淡泊与宁静

其实,岁月
面对着欲望的滚滚江流
天天捋着三千丈白须

烧　烤

一个个新鲜的日子
被一个叫光阴的铁签
串起
然后，放在欲望的火焰上
烧烤烹炸得吱吱作响
再撒一些雷同的思想观念
比如胡椒、辣椒、食盐之类

有时
我感到自己也是一串烧烤
被许多主义的签子串着
浑身粘满辣椒的佐料
生活不忍心撕下咀嚼
只是用它的牛舌头
爱怜地舔着

冬　至

擀一张圆圆的面皮
把冬天包在里面
在滚烫的水里跳起芭蕾
冬至，阴极阳升

小草在冻土下面
开始讨论再出江湖的话题

中华民族
是一个饥饿的民族
一切节日
与吃有关
饺子的意义
与馅儿有关
韭菜,久久发财
白菜,百财
香菇,鼓财
芹菜,勤财
对财的渴望
又是另一种饥饿

一盘热气腾腾的饺子
是一盘听饱了话的耳朵
团圆之后的分离滋味
全在一杯酒中

白云包着太阳的馅儿
积雪包着远山的馅儿
微笑包着亲情的馅儿
被窝包着我的馅儿
世界,简直是一个饺子

冬至到了
春节还会远吗？
我期待着年三十的饺子
包着春天的馅儿

碾　场

以麦场的中心为圆心
将一稞稞金黄的小麦摊开
一波波
一圈圈
以旋涡或年轮的构想
摊成太阳或向日葵的模样

一对老黄牛或手扶拖拉机
拖拉着石碾子
沿着波浪的纹路
一圈圈旋向外边
又一圈圈旋向中心
将一根根粗直的阳光
碾压得溜光柔细
麦粒的光阴沉淀在麦秆底下

石碾子骨碌碌地滚动着

旋起了金色的旋律

草帽子和太阳对着山歌

老黄牛迈着干部的脚步

喜鹊、麻雀

在麦场墙上讨论热烈

农人做人低调

扬场高调

顺风扬起喜悦

扬到风头的高度

让麦粒脱离尘土屑衣

让金黄显摆农人的高贵

最怕雷声的石碾子

从心头碾过

汗珠钻入土地

经过土地贝壳似的孕育

经过阳光的冶炼

和雨水的搓洗

在田野旋起千层波浪

经过老农的碾压张扬晚霞落尽时

麦场上扬起了纷纷扬扬的麻雀

以黄金的色彩和金字塔的形象

坐落在麦场中央

后　记

　　学诗三十余年,继《一壶夕阳》《杏坛春秋》诗集出版之后,借"文学之乡"的东风,将近两年写的四百多首诗歌仔细研判,选了个人比较满意的一百余首作品编辑成册,命名为《岁月剪影》。

　　何以为序? 前两册除了官方统一的序言外,自己也写了个自序。请人写序,本为流行,但每想邀请之难、之烦,给他人增加无端劳动之苦,我又打消了请名人写序之念想,更何况我人生有一个信念:世界上没有比自己更了解自己的了。于是,选了一首《自画像》,权且为序。

　　百余首诗以什么标准编辑聚合呢?《一壶夕阳》以乐器名称分割为几块,不同的乐器有不同的寓意;《杏坛春秋》以金木水火土的标准聚合,五行寓意牵强,只做分割而已;面对《岁月剪影》,苦思冥想,突发经史子集之序列, 加之我对中国传统文化经史子集的崇拜,就决定以此分割,分为四辑:岁月之经,高原之史,黄土之子,日子之集。只是辑录形式而已,并无象征之意,更何况才智不达,有心无力。

　　以文字为伴,是我的天职,因为我是一个语文老师。业余写作,是对语文的向往和崇敬,也是对生活生命的体悟与表述。我的诗,和黄土一样朴实,谁都能读懂,没有济世的深奥和出世的超拔,只有感悟的情怀。除了继承诗言情的传统之外,更多的是描述与记录,尤其是这部诗集。岁月更替,沧桑巨变,好多美好的东西走着走着就丢失了,比如消失的农村温暖,比如传统文化中触动心灵的乡愁,比如家庭中四世或三世同堂的伦理道德和亲情,比如人与人之间恭良谦让,比如生活的方向与目标,比如生命与人生的价值和真谛……物欲肉欲横流的今天,这些柔情的精神向往被刚性的物质追求丢了好远好远。灵魂丢了,地平线上的背影只是一个虚影或一具肥胖的肉躯。能拣拾昨天的红叶,激活或点缀充实今天的生活,也是我的愿望。

我没有今天的苟且,不相信诗在远方。诗不养家,但能养心。诗在美丽的目光和美丽的心中。

愿诗歌之灯,点亮我的生活;愿生命之灯,点亮我的诗句。顺祝关爱我的文朋诗友,尤其是三十多年培养出的学子们,幸福安康。我知道,你们未必喜欢我的文字,但一定喜欢我这个人,我也爱你们。想亲亲想得不行行,趴在地上画人人!

感恩所有!